Voltaire

Micromégas
Histoire philosophique

Dossier et notes réalisés par
Guillaume Peureux

Lecture d'image par
Alain Jaubert

Maître de conférences à l'université de Rennes 2, **Guillaume Peureux** est spécialiste de la littérature française du XVIIe siècle. Il est l'auteur d'une thèse sur Saint-Amant et s'intéresse actuellement au libertinage.

Alain Jaubert est écrivain et réalisateur. Après avoir été enseignant dans des écoles d'art et journaliste, il est devenu aussi documentariste. Il est l'auteur de nombreux portraits d'écrivains ou de peintres contemporains pour la télévision. Il est également l'auteur-réalisateur de *Palettes*, une série de films diffusée depuis 1990 sur la chaîne Arte et consacrée à la lecture de grands tableaux de l'histoire de la peinture. En 2005, il fait paraître son premier roman aux Éditions Gallimard, *Val Paradis*.

Couverture : Thomas Wright, *Le Cosmos*. Bibliothèque nationale de France, Paris.

Sommaire

Sommaire

Micromégas

Histoire philosophique

CHAPITRE I

Voyage d'un habitant du monde de l'étoile Sirius dans la planète de Saturne

Dans une de ces planètes qui tournent autour de l'étoile nommée Sirius, il y avait un jeune homme de beaucoup d'esprit, que j'ai eu l'honneur de connaître dans le dernier voyage qu'il fit sur notre petite fourmilière; il s'appelait Micromégas, nom qui convient fort à tous les grands. Il avait huit lieues[1] de haut: j'entends, par huit lieues, vingt-quatre mille pas géométriques de cinq pieds chacun.

Quelques algébristes, gens toujours utiles au public, prendront sur-le-champ la plume, et trouveront que, puisque monsieur Micromégas, habitant du pays de Sirius, a de la tête aux pieds vingt-quatre mille pas, qui font cent vingt mille pieds de roi[2], et que nous

---

1. Unité de distance équivalant à 4,5 km environ.
2. Un pied: 32,5 cm.

autres, citoyens [1] de la terre, nous n'avons guère que cinq pieds, et que notre globe a neuf mille lieues de tour ; ils trouveront, dis-je, qu'il faut absolument que le globe qui l'a produit ait au juste vingt et un millions six cent mille fois plus de circonférence que notre petite terre [2]. Rien n'est plus simple et plus ordinaire dans la nature. Les états de quelques souverains d'Allemagne ou d'Italie, dont on peut faire le tour en une demi-heure, comparés à l'empire de Turquie, de Moscovie ou de la Chine, ne sont qu'une très faible image des prodigieuses différences que la nature a mises dans tous les êtres.

La taille de Son Excellence étant de la hauteur que j'ai dite, tous nos sculpteurs et tous nos peintres conviendront sans peine que sa ceinture peut avoir cinquante mille pieds de roi de tour ; ce qui fait une très jolie proportion.

Quant à son esprit, c'est un des plus cultivés que nous ayons ; il sait beaucoup de choses, il en a inventé quelques-unes : il n'avait pas encore deux cent cinquante ans, et il étudiait, selon la coutume, au collège des jésuites de sa planète, lorsqu'il devina, par la force de son esprit, plus de cinquante propositions d'Euclide [3]. C'est dix-huit de plus que Blaise Pascal, lequel, après en avoir deviné trente-deux en se jouant, à ce que dit sa sœur, devint depuis un géomètre assez médiocre et un fort mauvais métaphysi-

---

1. Habitants.
2. Les chiffres que donne Voltaire et les calculs qu'il effectue sont d'une manière générale justes dans *Micromégas*.
3. Mathématicien grec (IIIe siècle av. J.-C.) qui est à l'origine de l'établissement des principes de la géométrie.

cien[1]. Vers les quatre cent cinquante ans, au sortir de l'enfance, il disséqua beaucoup de ces petits insectes qui n'ont pas cent pieds de diamètre, et qui se dérobent aux microscopes ordinaires; il en composa un livre fort curieux[2], mais qui lui fit quelques affaires. Le muphti[3] de son pays, grand vétillard[4] et fort ignorant, trouva dans son livre des propositions suspectes, malsonnantes[5], téméraires, hérétiques[6], sentant l'hérésie, et le poursuivit vivement: il s'agissait de savoir si la forme substantielle[7] des puces de Sirius[8] était de même nature que celle des colimaçons. Micromégas se défendit avec esprit; il mit les femmes de son côté[9]; le procès dura deux cent vingt ans. Enfin le muphti fit condamner le livre par des jurisconsultes[10] qui ne l'avaient pas lu, et l'auteur eut ordre de ne paraître à la cour de huit cents années.

---

1. Blaise Pascal (1623-1662) est l'auteur des *Pensées*, mais aussi des *Provinciales* (1656-1657). D'après sa sœur, Gilberte Périer, auteure de *La Vie de M. Pascal*, il aurait retrouvé dès l'âge de 12 ans de nombreux principes de la géométrie en s'amusant. Voltaire lui reproche notamment son mysticisme.

2. Allusion probable aux *Mémoires pour l'histoire des insectes* (1734-1742) de René-Antoine Ferchault de Réaumur (1683-1757).

3. Théologien musulman. En fait, le muphti (ou mufti) est, plus largement, un homme qui interprète le droit canonique musulman et qui a également des fonctions civiles et judiciaires.

4. Chicaneur, qui critique de toutes petites choses pour des riens.

5. Inconvenantes.

6. Qui n'est pas conforme à la doctrine religieuse du muphti, voire qui témoigne d'incroyance.

7. Termes empruntés à la scolastique : elles constituent les substances corporelles et en déterminent les attributs.

8. Sirius est l'étoile la plus importante de la constellation du Grand Chien. Elle est beaucoup plus lumineuse et deux fois plus grosse que le soleil.

9. Il fit l'éloge des femmes.

10. Professionnels du droit à qui l'on demande des conseils.

Il ne fut que médiocrement affligé d'être banni d'une cour qui n'était remplie que de tracasseries et de petitesses. Il fit une chanson fort plaisante contre le muphti, dont celui-ci ne s'embarrassa guère ; et il se mit à voyager de planète en planète, pour achever de se former *l'esprit et le cœur*, comme l'on dit[1]. Ceux qui ne voyagent qu'en chaise de poste ou en berline[2] seront sans doute étonnés des équipages de là-haut : car nous autres, sur notre petit tas de boue[3], nous ne concevons rien au-delà de nos usages. Notre voyageur connaissait merveilleusement les lois de la gravitation[4], et toutes les forces attractives et répulsives. Il s'en servait si à propos que, tantôt à l'aide d'un rayon du soleil, tantôt par la commodité d'une comète, il allait de globe en globe, lui et les siens, comme un oiseau voltige de branche en branche. Il parcourut la voie lactée en peu de temps ; et je suis obligé d'avouer qu'il ne vit jamais, à travers les étoiles dont elle est semée, ce beau ciel empyrée[5] que l'illustre vicaire

---

1. Allusion au fait que l'expression « se former l'esprit et le cœur » était courante.

2. La chaise de poste est une voiture légère, à deux roues et tirée par un cheval ou deux. La berline est un carrosse suspendu entre des brancards.

3. La terre.

4. Ces lois ont été découvertes par le mathématicien, astronome et physicien Isaac Newton (1642-1727), auteur des *Philosophiae Naturalis Principia Mathematica* [Principes mathématiques de philosophie naturelle], 1687. Il s'inspira des observations de l'astronome allemand Johannes Kepler (1571-1630) sur le mouvement elliptique des planètes pour démontrer le principe de la gravitation selon lequel des corps matériels s'attirent mutuellement, en fonction de leur masse et du carré de leur distance.

5. Le ciel le plus élevé, une sphère céleste supposée être le séjour des bienheureux mais dont les scientifiques ont établi qu'elle n'existe pas.

Derham[1] se vante d'avoir vu au bout de sa lunette. Ce n'est pas que je prétende que M. Derham ait mal vu, à Dieu ne plaise! mais Micromégas était sur les lieux, c'est un bon observateur, et je ne veux contredire personne. Micromégas, après avoir bien tourné, arriva dans le globe de Saturne. Quelque accoutumé qu'il fût à voir des choses nouvelles, il ne put d'abord, en voyant la petitesse du globe et de ses habitants, se défendre de ce sourire de supériorité qui échappe quelquefois aux plus sages. Car enfin Saturne n'est guère que neuf cents fois plus gros que la terre, et les citoyens de ce pays-là sont des nains qui n'ont que mille toises[2] de haut ou environ. Il s'en moqua un peu d'abord avec ses gens, à peu près comme un musicien italien se met à rire de la musique de Lulli[3], quand il vient en France. Mais, comme le Sirien avait un bon esprit, il comprit bien vite qu'un être pensant peut fort bien n'être pas ridicule pour n'avoir que six mille pieds de haut. Il se familiarisa avec les Saturniens, après les avoir étonnés. Il lia une étroite amitié avec le secrétaire de l'Académie de Saturne[4], homme de beaucoup d'esprit, qui n'avait à la vérité rien inventé,

---

1. William Derham (1657-1755), théologien anglais, auteur d'ouvrages de physique.

2. La toise est une unité de distance équivalant à 6 pieds, c'est-à-dire 1,94 m.

3. Jean-Baptiste Lulli (1632-1687), compositeur français que Voltaire a défendu, contre la musique italienne en particulier. Voir *Le Temple du goût*.

4. Il s'agit de Bernard le Bovier de Fontenelle (1657-1757), auteur libertin qui avait notamment composé les *Entretiens sur la pluralité des mondes* (1686) et les *Éléments de la géométrie de l'infini* (1727). Il a également composé avec Thomas Corneille les livrets de deux opéras pour Lulli, *Psyché* (1678) et *Bellérophon* (1679).

mais qui rendait un fort bon compte des inventions des autres, et qui faisait passablement de petits vers et de grands calculs. Je rapporterai ici, pour la satisfaction des lecteurs, une conversation singulière que Micromégas eut un jour avec monsieur le secrétaire.

CHAPITRE 2

Conversation de l'habitant de Sirius avec celui de Saturne

Après que Son Excellence se fut couchée, et que le secrétaire se fut approché de son visage : « Il faut avouer, dit Micromégas, que la nature est bien variée. — Oui, dit le Saturnien, la nature est comme un parterre dont les fleurs... — Ah ! dit l'autre, laissez là votre parterre. — Elle est, reprit le secrétaire, comme une assemblée de blondes et de brunes[1] dont les parures... — Et qu'ai-je affaire de vos brunes ? dit l'autre. — Elle est donc comme une galerie de peintures dont les traits... — Eh non ! dit le voyageur, encore une fois la nature est comme la nature. Pourquoi lui chercher des comparaisons ? — Pour vous plaire, répondit le secrétaire. — Je ne veux point qu'on me plaise, répondit le voyageur, je veux qu'on m'instruise ; commencez d'abord par me dire combien les hommes de votre globe ont de sens. — Nous en avons soixante et douze, dit l'académicien ; et

---

1. Des femmes blondes et brunes. Usage courant au XVIIIe siècle.

nous nous plaignons tous les jours du peu. Notre imagination va au-delà de nos besoins ; nous trouvons qu'avec nos soixante et douze sens, notre anneau, nos cinq lunes[1], nous sommes trop bornés ; et, malgré toute notre curiosité et le nombre assez grand de passions[2] qui résultent de nos soixante et douze sens, nous avons tout le temps de nous ennuyer. — Je le crois bien, dit Micromégas ; car dans notre globe nous avons près de mille sens, et il nous reste encore je ne sais quel désir vague, je ne sais quelle inquiétude, qui nous avertit sans cesse que nous sommes peu de chose, et qu'il y a des êtres beaucoup plus parfaits. J'ai un peu voyagé ; j'ai vu des mortels fort au-dessous de nous ; j'en ai vu de fort supérieurs ; mais je n'en ai vu aucuns[3] qui n'aient plus de désirs que de vrais besoins, et plus de besoins que de satisfaction. J'arriverai peut-être un jour au pays où il ne manque rien ; mais jusqu'à présent personne ne m'a donné de nouvelles positives de ce pays-là. » Le Saturnien et le Sirien s'épuisèrent alors en conjectures[4] ; mais, après beaucoup de raisonnements, fort ingénieux et fort incertains, il en fallut revenir aux faits. « Combien de temps vivez-vous ? dit le Sirien. — Ah ! bien peu, répliqua le petit homme de Saturne. — C'est tout comme chez nous, dit le Sirien : nous nous plaignons toujours du peu. Il faut que ce soit une loi universelle de la nature. — Hélas ! nous ne vivons, dit le

---

1. On ne connaissait alors à la lune que cinq satellites.
2. Sentiments et émotions qui affectent les humains.
3. L'indéfini *aucun* fut couramment employé au pluriel jusqu'au XVIIIe siècle.
4. Suppositions, hypothèses.

Saturnien, que cinq cents grandes révolutions du soleil. (Cela revient à quinze mille ans ou environ, à compter à notre manière[1].) Vous voyez bien que c'est mourir presque au moment que l'on est né ; notre existence est un point, notre durée un instant, notre globe un atome. À peine a-t-on commencé à s'instruire un peu que la mort arrive avant qu'on ait de l'expérience. Pour moi, je n'ose faire aucuns projets ; je me trouve comme une goutte d'eau dans un océan immense. Je suis honteux, surtout devant vous, de la figure ridicule que je fais dans ce monde. »

Micromégas lui repartit[2] : « Si vous n'étiez pas philosophe[3], je craindrais de vous affliger en vous apprenant que notre vie est sept cents fois plus longue que la vôtre ; mais vous savez trop bien que quand il faut rendre son corps aux éléments, et ranimer la nature sous une autre forme, ce qui s'appelle mourir ; quand ce moment de métamorphose est venu, avoir vécu une éternité ou avoir vécu un jour, c'est précisément la même chose. J'ai été dans des pays où l'on vit mille fois plus longtemps que chez moi, et j'ai trouvé qu'on y murmurait encore. Mais il y a partout des gens de bon sens qui savent prendre leur parti et remercier l'auteur de la nature. Il a répandu sur cet univers une profusion de variétés, avec une espèce d'uniformité admirable. Par exemple, tous les êtres pensants sont

---

1. Dans ce passage, Voltaire suggère que le soleil décrirait une ellipse sur trente ans, ce qui, alors, n'a pas été démontré.
2. Répondit.
3. Selon l'étymologie grecque (*qui aime la sagesse*), c'est un individu qui se caractérise par sa sagesse et ses comportements raisonnables. Il ne risque donc pas de s'affliger de ce que Micromégas s'apprête à lui dire.

différents, et tous se ressemblent au fond par le don de la pensée et des désirs. La matière est partout étendue ; mais elle a dans chaque globe des propriétés diverses. Combien comptez-vous de ces propriétés diverses dans votre matière ? — Si vous parlez de ces propriétés, dit le Saturnien, sans lesquelles nous croyons que ce globe ne pourrait subsister tel qu'il est, nous en comptons trois cents, comme l'étendue, l'impénétrabilité, la mobilité, la gravitation, la divisibilité, et le reste. — Apparemment, répliqua le voyageur, que ce petit nombre suffit aux vues que le Créateur avait sur votre petite habitation. J'admire en tout sa sagesse ; je vois partout des différences, mais aussi partout des proportions. Votre globe est petit, vos habitants le sont aussi ; vous avez peu de sensations ; votre matière a peu de propriétés : tout cela est l'ouvrage de la Providence. De quelle couleur est votre soleil, bien examiné ? — D'un blanc fort jaunâtre, dit le Saturnien ; et quand nous divisons un de ses rayons, nous trouvons qu'il contient sept couleurs. — Notre soleil tire sur le rouge, dit le Sirien, et nous avons trente-neuf couleurs primitives. Il n'y a pas un soleil, parmi tous ceux dont j'ai approché, qui se ressemble, comme chez vous il n'y a pas un visage qui ne soit différent de tous les autres. »

Après plusieurs questions de cette nature, il s'informa combien de substances essentiellement différentes on comptait dans Saturne. Il apprit qu'on n'en comptait qu'une trentaine, comme Dieu, l'espace, la matière, les êtres étendus qui sentent, les êtres étendus qui sentent et qui pensent, les êtres pensants qui n'ont point d'étendue, ceux qui se pénètrent,

ceux qui ne se pénètrent pas, et le reste. Le Sirien,
chez qui on en comptait trois cents, et qui en avait
découvert trois mille autres dans ses voyages, étonna
prodigieusement le philosophe de Saturne. Enfin, après
s'être communiqué l'un à l'autre un peu de ce qu'ils
savaient et beaucoup de ce qu'ils ne savaient pas,
après avoir raisonné pendant une révolution du soleil,
ils résolurent de faire ensemble un petit voyage philosophique.

CHAPITRE 3

Voyage de deux habitants
de Sirius et de Saturne

Nos deux philosophes étaient prêts à s'embarquer
dans l'atmosphère de Saturne, avec une fort jolie pro-
vision d'instruments mathématiques, lorsque la maîtresse du Saturnien, qui en eut des nouvelles, vint en
larmes faire ses remontrances. C'était une jolie petite
brune qui n'avait que six cent soixante toises, mais
qui réparait par bien des agréments la petitesse de sa
taille. «Ah, cruel! s'écria-t-elle, après t'avoir résisté
quinze cents ans, lorsque enfin je commençais à me
rendre, quand j'ai à peine passé deux cents ans entre
tes bras, tu me quittes pour aller voyager avec un
géant d'un autre monde; va, tu n'es qu'un curieux, tu
n'as jamais eu d'amour; si tu étais un vrai Saturnien,
tu serais fidèle. Où vas-tu courir? Que veux-tu? Nos
cinq lunes sont moins errantes que toi, notre anneau

est moins changeant[1]. Voilà qui est fait, je n'aimerai jamais plus personne.» Le philosophe l'embrassa, pleura avec elle, tout philosophe qu'il était, et la dame, après s'être pâmée, alla se consoler avec un petit-maître[2] du pays.

Cependant nos deux curieux partirent ; ils sautèrent d'abord sur l'anneau, qu'ils trouvèrent assez plat, comme l'a fort bien deviné un illustre habitant de notre petit globe[3] ; de là ils allèrent aisément de lune en lune. Une comète[4] passait tout auprès de la dernière ; ils s'élancèrent sur elle avec leurs domestiques et leurs instruments. Quand ils eurent fait environ cent cinquante millions de lieues, ils rencontrèrent les satellites de Jupiter[5]. Ils passèrent dans Jupiter même, et y restèrent une année, pendant laquelle ils apprirent de fort beaux secrets, qui seraient actuellement sous presse sans messieurs les inquisiteurs[6], qui ont trouvé quelques propositions un peu dures. Mais j'en ai lu le manuscrit dans la bibliothèque de l'illustre archevêque de..., qui m'a

---

1. Les cinq lunes sont les satellites de Saturne (on en dénombre aujourd'hui plus de vingt). Son anneau est en fait constitué de plusieurs anneaux formés d'innombrables corps minéraux.

2. Termes méprisants pour des savants moins préoccupés de science et de découvertes que ne le sont les héros du conte.

3. Christiaan Huygens (1629-1695), mathématicien, astronome et physicien hollandais qui offrit la première description minutieuse de Saturne dans son *Systema saturnium* (1659).

4. Mélange de poussière et de gaz qui s'attirent mutuellement et se déplacent de manière accidentelle ou systématique dans le système solaire.

5. Découverts par Dominique et Jacques Cassini en 1705 et 1715.

6. Religieux qui chassent et châtient ceux qu'ils jugent hérétiques.

laissé voir ses livres avec cette générosité et cette bonté qu'on ne saurait assez louer.

Mais revenons à nos voyageurs. En sortant de Jupiter, ils traversèrent un espace d'environ cent millions de lieues, et ils côtoyèrent la planète de Mars, qui, comme on sait, est cinq fois plus petite que notre petit globe[1] ; ils virent deux lunes qui servent à cette planète, et qui ont échappé aux regards de nos astronomes. Je sais bien que le père Castel[2] écrira, et même assez plaisamment, contre l'existence de ces deux lunes ; mais je m'en rapporte à ceux qui raisonnent par analogie. Ces bons philosophes-là savent combien il serait difficile que Mars, qui est si loin du soleil, se passât à moins de deux lunes[3]. Quoi qu'il en soit, nos gens trouvèrent cela si petit qu'ils craignirent de n'y pas trouver de quoi coucher, et ils passèrent leur chemin, comme deux voyageurs qui dédaignent un mauvais cabaret de village et poussent jusqu'à la ville voisine. Mais le Sirien et son compagnon se repentirent bientôt. Ils allèrent longtemps, et ne trouvèrent rien. Enfin ils aperçurent une petite lueur ; c'était la terre : cela fit pitié à des gens qui venaient de Jupiter. Cependant, de peur de se repentir une seconde fois, ils résolurent de débarquer. Ils

---

1. La planète Mars est en effet cinq fois plus petite que la terre et possède deux satellites.

2. Louis-Bertrand Castel (1688-1757), jésuite, auteur notamment d'un *Traité de physique sur la pesanteur universelle des corps* (1724) et du *Vrai système de physique générale de M. Isaac Newton exposé et analysé en parallèle avec celui de Descartes* (1743) dans lesquels il prend le parti de René Descartes (1596-1650) contre Isaac Newton (1642-1727) ; il écrivit aussi contre Voltaire lui-même dans les *Mémoires de Trévoux* (1738).

3. Que Mars puisse posséder moins de deux satellites.

passèrent sur la queue de la comète et, trouvant une aurore boréale[1] toute prête, ils se mirent dedans, et arrivèrent à terre sur le bord septentrional[2] de la mer Baltique, le cinq juillet mil sept cent trente-sept, nouveau style[3].

CHAPITRE 4

Ce qui leur arrive sur le globe de la terre

Après s'être reposés quelque temps, ils mangèrent à leur déjeuner deux montagnes que leurs gens leur apprêtèrent assez proprement. Ensuite ils voulurent reconnaître le petit pays où ils étaient. Ils allèrent d'abord du nord au sud. Les pas ordinaires du Sirien et de ses gens étaient d'environ trente mille pieds de

---

1. Aurore polaire qui se produit au-dessus de 60° de latitude nord. C'est un phénomène lumineux émanant d'une comète produit par le vent solaire et le gaz de la haute atmosphère.

2. Au nord.

3. Allusion à l'établissement du calendrier grégorien en 1582 par le pape Grégoire XIII. Le calendrier *ancien style* était le calendrier *julien*, instauré par Jules César et encore employé à l'époque de Voltaire en Angleterre notamment (il y avait une dizaine de jours d'écart entre les deux calendriers). Cette arrivée fait référence aux difficultés rencontrées, le 5 juillet 1737, dans le golfe de Botnie, à l'est de la Suède, par un navire qui transportait des savants, dont Maupertuis (1698-1759), qui avait introduit en France les théories de Newton sur la mécanique. On crut d'abord que le navire avait sombré. Voir la fin du chapitre, où Voltaire évoque à nouveau cette expédition qui avait été chargée, notamment, de mesurer le méridien.

roi ; le nain de Saturne suivait de loin en haletant ; or il fallait qu'il fît environ douze pas quand l'autre faisait une enjambée : figurez-vous (s'il est permis de faire de telles comparaisons) un très petit chien de manchon[1] qui suivrait un capitaine des gardes du roi de Prusse[2].

Comme ces étrangers-là vont assez vite, ils eurent fait le tour du globe en trente-six heures ; le soleil, à la vérité, ou plutôt la terre, fait un pareil voyage en une journée ; mais il faut songer qu'on va bien plus à son aise quand on tourne sur son axe que quand on marche sur ses pieds. Les voilà donc revenus d'où ils étaient partis, après avoir vu cette mare, presque imperceptible pour eux, qu'on nomme *la Méditerranée*, et cet autre petit étang, qui, sous le nom du *grand Océan*, entoure la taupinière. Le nain n'en avait eu jamais qu'à mi-jambe, et à peine l'autre avait-il mouillé son talon. Ils firent tout ce qu'ils purent en allant et en revenant dessus et dessous pour tâcher d'apercevoir si ce globe était habité ou non. Ils se baissèrent, ils se couchèrent, ils tâtèrent partout ; mais, leurs yeux et leurs mains n'étant point proportionnés aux petits êtres qui rampent ici, ils ne reçurent pas la moindre sensation qui pût leur faire soupçonner que nous et nos confrères les autres habitants de ce globe avons l'honneur d'exister.

---

1. Chien de petite taille que certaines femmes plaçaient dans leur manchon, c'est-à-dire dans une sorte de tube de fourrure dans lequel elles passaient aussi leurs bras pour se protéger du froid.
2. Frédéric II recrutait les plus grands hommes du royaume dans sa garde.

Le nain, qui jugeait quelquefois un peu trop vite, décida d'abord qu'il n'y avait personne sur la terre. Sa première raison était qu'il n'avait vu personne. Micromégas lui fit sentir poliment que c'était raisonner assez mal : « Car, disait-il, vous ne voyez pas avec vos petits yeux certaines étoiles de la cinquantième grandeur que j'aperçois[1] très distinctement ; concluez-vous de là que ces étoiles n'existent pas ? — Mais, dit le nain, j'ai bien tâté. — Mais, répondit l'autre, vous avez mal senti. — Mais, dit le nain, ce globe-ci est si mal construit, cela est si irrégulier et d'une forme qui me paraît si ridicule ! tout semble être ici dans le chaos : voyez-vous ces petits ruisseaux dont aucun ne va de droit fil[2], ces étangs qui ne sont ni ronds, ni carrés, ni ovales, ni sous aucune forme régulière ; tous ces petits grains pointus dont ce globe est hérissé, et qui m'ont écorché les pieds ? (Il voulait parler des montagnes.) Remarquez-vous encore la forme de tout le globe, comme il est plat aux pôles, comme il tourne autour du soleil d'une manière gauche, de façon que les climats des pôles sont nécessairement incultes[3] ? En vérité, ce qui fait que je pense qu'il n'y a ici personne, c'est qu'il me paraît que des gens de bon sens ne voudraient pas y demeurer. — Eh bien ! dit Micromégas, ce ne sont peut-être pas non plus des gens de bon sens qui l'habitent. Mais enfin il y a quelque apparence que ceci n'est pas fait pour rien. Tout vous paraît irrégulier ici, dites-vous, parce que

---

1. Étoiles dont la taille est du cinquantième de celles que j'aperçois.
2. En ligne droite.
3. Les climats sont tels qu'on ne peut rien y faire pousser.

tout est tiré au cordeau[1] dans Saturne et dans Jupiter. Eh! c'est peut-être par cette raison-là même qu'il y a ici un peu de confusion. Ne vous ai-je pas dit que dans mes voyages j'avais toujours remarqué de la variété?» Le Saturnien répliqua à toutes ces raisons. La dispute n'eût jamais fini, si par bonheur Micromégas, en s'échauffant à parler, n'eût cassé le fil de son collier de diamants. Les diamants tombèrent: c'étaient de jolis petits carats[2] assez inégaux, dont les plus gros pesaient quatre cents livres[3], et les plus petits cinquante. Le nain en ramassa quelques-uns; il s'aperçut, en les approchant de ses yeux, que ces diamants, de la façon dont ils étaient taillés, étaient d'excellents microscopes. Il prit donc un petit microscope de cent soixante pieds de diamètre, qu'il appliqua à sa prunelle; et Micromégas en choisit un de deux mille cinq cents pieds. Ils étaient excellents; mais d'abord on ne vit rien par leur secours: il fallait s'ajuster. Enfin l'habitant de Saturne vit quelque chose d'imperceptible qui remuait entre deux eaux dans la mer Baltique: c'était une baleine. Il la prit avec le petit doigt fort adroitement, et, la mettant sur l'ongle de son pouce, il la fit voir au Sirien, qui se mit à rire pour la seconde fois de l'excès de petitesse dont étaient les habitants de notre globe. Le Saturnien, convaincu que notre monde est habité, s'imagina bien vite qu'il ne l'était que par des baleines; et, comme il était grand raisonneur,

---

1. Découpé, dessiné ou organisé de manière rigoureusement géométrique.
2. Pierre précieuse et non, comme aujourd'hui, unité de mesure employée en joaillerie.
3. Une livre pèse 500 g.

il voulut deviner d'où un si petit atome tirait son mouvement, s'il avait des idées, une volonté, une liberté. Micromégas y fut fort embarrassé : il examina l'animal fort patiemment[1], et le résultat de l'examen fut qu'il n'y avait pas moyen de croire qu'une âme fût logée là. Les deux voyageurs inclinaient donc à penser qu'il n'y a point d'esprit dans notre habitation, lorsqu'à l'aide du microscope ils aperçurent quelque chose de plus gros qu'une baleine qui flottait sur la mer Baltique. On sait que dans ce temps-là même une volée de philosophes revenait du cercle polaire, sous lequel ils avaient été faire des observations dont personne ne s'était avisé jusqu'alors. Les gazettes dirent que leur vaisseau échoua aux côtes de Botnie, et qu'ils eurent bien de la peine à se sauver ; mais on ne sait jamais dans ce monde le dessous des cartes. Je vais raconter ingénument comme la chose se passa, sans y rien mettre du mien, ce qui n'est pas un petit effort pour un historien.

CHAPITRE 5

Expériences et raisonnements
des deux voyageurs

Micromégas étendit la main tout doucement vers l'endroit où l'objet paraissait, et, avançant deux doigts

---

1. Allusion à la méthode d'observation développée par John Locke (1632-1704) dans son *Essay concerning human understanding* [Essai concernant l'entendement humain] (1690). Voir : « Mouvement littéraire. »

et les retirant par la crainte de se tromper, puis les
ouvrant et les serrant, il saisit fort adroitement le
vaisseau qui portait ces messieurs, et le mit encore
sur son ongle, sans le trop presser de peur de l'écraser. « Voici un animal bien différent du premier », dit
le nain de Saturne; le Sirien mit le prétendu animal
dans le creux de sa main. Les passagers et les gens de
l'équipage, qui s'étaient crus enlevés par un ouragan,
et qui se croyaient sur une espèce de rocher, se mettent tous en mouvement; les matelots prennent des
tonneaux de vin, les jettent sur la main de Micromégas, et se précipitent après. Les géomètres prennent
leurs quarts de cercle, leurs secteurs[1], et des filles
lapones[2], et descendent sur le doigts du Sirien. Ils en
firent tant qu'il sentit enfin remuer quelque chose qui
lui chatouillait les doigts : c'était un bâton ferré qu'on
lui enfonçait d'un pied dans l'index; il jugea, par ce
picotement, qu'il était sorti quelque chose du petit
animal qu'il tenait. Mais il n'en soupçonna pas d'abord
davantage. Le microscope, qui faisait à peine discerner une baleine et un vaisseau, n'avait point de prise
sur un être aussi imperceptible que des hommes. Je
ne prétends choquer ici la vanité de personne, mais
je suis obligé de prier les importants de faire ici une
petite remarque avec moi : c'est qu'en prenant la
taille des hommes d'environ cinq pieds, nous ne fai-

---

1. Le quart de cercle et le secteur sont des instruments mesu-
rant la distance angulaire des astres et leur hauteur au-dessus de
la ligne d'horizon, ce qui permettait de déterminer la latitude où
se trouvait un navire. Ce sont les ancêtres du sextant.
2. Maupertuis avait ramené deux Lapones. Voir note 3,
p. 19.

sons pas sur la terre une plus grande figure qu'en ferait, sur une boule de dix pieds de tour, un animal qui aurait à peu près la six cent millième partie d'un pouce en hauteur. Figurez-vous une substance qui pourrait tenir la terre dans sa main, et qui aurait des organes en proportion des nôtres ; et il se peut très bien faire qu'il y ait un grand nombre de ces substances : or concevez, je vous prie, ce qu'elles penseraient de ces batailles, qui nous ont valu deux villages qu'il a fallu rendre.

Je ne doute pas que si quelque capitaine des grands grenadiers lit jamais cet ouvrage, il ne hausse de deux grands pieds au moins les bonnets de sa troupe[1] ; mais je l'avertis qu'il aura beau faire, et que lui et les siens ne seront jamais que des infiniment petits.

Quelle adresse merveilleuse ne fallut-il donc pas à notre philosophe de Sirius pour apercevoir les atomes dont je viens de parler ! Quand Leuwenhoek et Hartsoeker[2] virent les premiers, ou crurent voir, la graine dont nous sommes formés, ils ne firent pas à beaucoup près une si étonnante découverte. Quel plaisir sentit Micromégas en voyant remuer ces petites machines, en examinant tous leurs tours, en les suivant dans toutes leurs opérations ! comme il s'écria ! comme il mit avec joie un de ses microscopes dans les mains de son compagnon de voyage ! « Je les vois,

---

1. Les grenadiers portaient des bonnets en ourson.
2. Antonie Leuwenhoeck (1632-1723), naturaliste hollandais qui observa les protozoaires, les globules et les insectes. Nicolas Hartsoeker (1656-1725), astronome, géomètre et physicien hollandais qui perfectionna le microscope et découvrit les spermatozoïdes.

disaient-ils tous deux à la fois ; ne les voyez-vous pas qui portent des fardeaux, qui se baissent, qui se relèvent ?» En parlant ainsi, les mains leur tremblaient, par le plaisir de voir des objets si nouveaux et par la crainte de les perdre. Le Saturnien, passant d'un excès de défiance à un excès de crédulité, crut apercevoir qu'ils travaillaient à la propagation[1]. *Ah !* disait-il, *j'ai pris la nature sur le fait*[2]. Mais il se trompait sur les apparences, ce qui n'arrive que trop, soit qu'on se serve ou non de microscopes.

CHAPITRE 6

Ce qui leur arrive
avec des hommes

Micromégas, bien meilleur observateur que son nain, vit clairement que les atomes se parlaient ; et il le fit remarquer à son compagnon, qui, honteux de s'être mépris sur l'article de la génération, ne voulut point croire que de pareilles espèces pussent se communiquer des idées. Il avait le don des langues, aussi bien que le Sirien ; il n'entendait point parler nos atomes, et il supposait qu'ils ne parlaient pas. D'ailleurs, comment ces êtres imperceptibles auraient-ils les organes de la voix, et qu'auraient-ils à dire ? Pour

---

1. Travaillaient à la propagation de l'espèce.
2. Citation modifiée d'une phrase du botaniste et explorateur Tournefort (1656-1708).

parler, il faut penser, ou à peu près ; mais, s'ils pen-
saient, ils auraient donc l'équivalent d'une âme. Or,
attribuer l'équivalent d'une âme à cette espèce, cela
lui paraissait absurde. « Mais, dit le Sirien, vous avez
cru tout à l'heure qu'ils faisaient l'amour. Est-ce que
vous croyez qu'on puisse faire l'amour sans penser et
sans proférer quelque parole, ou du moins sans se
faire entendre ? Supposez-vous d'ailleurs qu'il soit
plus difficile de produire un argument qu'un enfant ?
Pour moi, l'un et l'autre me paraissent de grands
mystères. — Je n'ose plus ni croire ni nier, dit le
nain ; je n'ai plus d'opinion. Il faut tâcher d'examiner
ces insectes, nous raisonnerons après. — C'est fort
bien dit », reprit Micromégas ; et aussitôt il tira une
paire de ciseaux dont il se coupa les ongles, et d'une
rognure de l'ongle de son pouce il fit sur-le-champ
une espèce de grande trompette parlante comme un
vaste entonnoir, dont il mit le tuyau dans son oreille.
La circonférence de l'entonnoir enveloppait le vaisseau et tout l'équipage. La voix la plus faible entrait
dans les fibres circulaires de l'ongle ; de sorte que
grâce à son industrie le philosophe de là-haut enten-
dit parfaitement le bourdonnement de nos insectes
de là-bas. En peu d'heures il parvint à distinguer les
paroles, et enfin à entendre le français. Le nain en fit
autant, quoique avec plus de difficulté. L'étonnement
des voyageurs redoublait à chaque instant. Ils enten-
daient des mites parler d'assez bon sens : ce jeu de la
nature leur paraissait inexplicable. Vous croyez bien
que le Sirien et son nain brûlaient d'impatience de lier
conversation avec les atomes : il craignait que sa voix
de tonnerre, et surtout celle de Micromégas, n'as-

sourdît les mites sans en être entendue. Il fallait en
diminuer la force. Ils se mirent dans la bouche des
espèces de petits cure-dents, dont le bout fort effilé
venait donner[1] auprès du vaisseau. Le Sirien tenait le
nain sur ses genoux, et le vaisseau avec l'équipage
sur un ongle. Il baissait la tête et parlait bas. Enfin,
moyennant toutes ces précautions et bien d'autres
encore, il commença ainsi son discours :

« Insectes invisibles, que la main du Créateur s'est
plu à faire naître dans l'abîme de l'infiniment petit, je le
remercie de ce qu'il a daigné me découvrir des secrets
qui semblaient impénétrables. Peut-être ne daignerait-
on pas vous regarder à ma cour ; mais je ne méprise
personne, et je vous offre ma protection. »

Si jamais il y a eu quelqu'un d'étonné, ce furent
les gens qui entendirent ces paroles. Ils ne pouvaient deviner d'où elles partaient. L'aumônier du
vaisseau récita les prières des exorcismes, les matelots jurèrent, et les philosophes du vaisseau firent un
système[2] ; mais, quelque système qu'ils fissent, ils
ne purent jamais deviner qui leur parlait. Le nain de
Saturne, qui avait la voix plus douce que Micromégas,
leur apprit alors en peu de mots à quelles espèces ils
avaient affaire. Il leur conta le voyage de Saturne, les
mit au fait de ce qu'était M. Micromégas, et, après
les avoir plaints d'être si petits, il leur demanda s'ils
avaient toujours été dans ce misérable état si voisin
de l'anéantissement, ce qu'ils faisaient dans un globe

---

1. S'approchait.
2. Une doctrine philosophique. Voltaire condamnait les systèmes philosophiques, dont il avait écrit la satire : *Les Systèmes*.

qui paraissait appartenir à des baleines, s'ils étaient heureux, s'ils multipliaient[1], s'ils avaient une âme, et cent autres questions de cette nature.

Un raisonneur de la troupe, plus hardi que les autres et choqué de ce qu'on doutait de son âme, observa l'interlocuteur avec des pinnules[2] braquées sur un quart de cercle, fit deux stations[3], et, à la troisième, il parla ainsi: «Vous croyez donc, monsieur, parce que vous avez mille toises depuis la tête jusqu'aux pieds, que vous êtes un... — Mille toises! s'écria le nain. Juste ciel! d'où peut-il savoir ma hauteur? mille toises! Il ne se trompe pas d'un pouce. Quoi! cet atome m'a mesuré! Il est géomètre, il connaît ma grandeur; et moi, qui ne le vois qu'à travers un microscope, je ne connais pas encore la sienne! — Oui, je vous ai mesuré, dit le physicien, et je mesurerai bien encore votre grand compagnon.» La proposition fut acceptée; Son Excellence se coucha de son long, car, s'il se fût tenu debout, sa tête eût été trop au-dessus des nuages. Nos philosophes lui plantèrent un grand arbre dans un endroit que le docteur Swift[4] nommerait, mais que je me garderai bien d'appeler par son nom à cause de mon grand

---

1. S'ils se multipliaient, s'ils pouvaient avoir des enfants.

2. Le pinnule était un instrument de cuivre employé autrefois pour mesurer la hauteur des montagnes ou pour calculer la distance de la terre à un astre.

3. Pour son calcul, le savant doit se placer en deux endroits différents.

4. Jonathan Swift (1667-1745), écrivain irlandais, auteur des *Voyages de Gulliver* (1726). Voltaire le tenait pour «le Rabelais d'Angleterre» (lettre du 2/02/1727), d'où sa mention quand il s'agit d'éviter d'avoir à nommer le postérieur du géant.

respect pour les dames. Puis, par une suite de triangles liés ensemble, ils conclurent que ce qu'ils voyaient était en effet un jeune homme de cent vingt mille pieds de roi.

Alors Micromégas prononça ces paroles : « Je vois plus que jamais qu'il ne faut juger de rien sur sa grandeur apparente. Ô Dieu, qui avez donné une intelligence à des substances qui paraissent si méprisables, l'infiniment petit vous coûte aussi peu que l'infiniment grand ; et, s'il est possible qu'il y ait des êtres plus petits que ceux-ci, ils peuvent encore avoir un esprit supérieur à ceux de ces superbes animaux que j'ai vus dans le ciel, dont le pied seul couvrirait le globe où je suis descendu. »

Un des philosophes lui répondit qu'il pouvait en toute sûreté croire qu'il est en effet des êtres intelligents beaucoup plus petits que l'homme. Il lui conta, non pas tout ce que Virgile a dit de fabuleux sur les abeilles, mais ce que Swammerdam a découvert, et ce que Réaumur a disséqué[1]. Il lui apprit enfin qu'il y a des animaux qui sont pour les abeilles ce que les abeilles sont pour l'homme, ce que le Sirien lui-même était pour ces animaux si vastes dont il parlait, et ce que ces grands animaux sont pour d'autres sub-

---

1. Allusion aux *Géorgiques* (IV), où Virgile décrit minutieusement les abeilles, les ruches, etc. L'emploi de l'adjectif *fabuleux* indique que Voltaire ne croyait pas à ce qu'a écrit Virgile et qu'il jugeait cela comme relevant de la fable, de la fantaisie ; à la *Biblia naturæ sive Historia insectorum* [Le livre de la nature ou l'histoire des insectes] (1737-1738) du biologiste et naturaliste hollandais Jan Swammerdam (1637-1680) ; et aux *Mémoires pour servir à l'histoire des insectes* (1734-1742) de René Ferchault de Réaumur (1683-1757), naturaliste et, surtout, physicien.

stances devant lesquelles ils ne paraissent que comme des atomes. Peu à peu la conversation devint intéressante, et Micromégas parla ainsi.

CHAPITRE 7

Conversation avec les hommes

« Ô atomes intelligents, dans qui l'Être éternel s'est plu à manifester son adresse et sa puissance, vous devez sans doute goûter des joies bien pures sur votre globe ; car, ayant si peu de matière et paraissant tout esprit, vous devez passer votre vie à aimer et à penser, c'est la véritable vie des esprits. Je n'ai vu nulle part le vrai bonheur, mais il est ici sans doute. » À ce discours, tous les philosophes secouèrent la tête ; et l'un d'eux, plus franc que les autres, avoua de bonne foi que, si l'on en excepte un petit nombre d'habitants fort peu considérés[1], tout le reste est un assemblage de fous, de méchants et de malheureux. « Nous avons plus de matière qu'il ne nous en faut, dit-il, pour faire beaucoup de mal, si le mal vient de la matière, et trop d'esprit, si le mal vient de l'esprit. Savez-vous bien, par exemple, qu'à l'heure que je vous parle[2] il y a cent mille fous de notre espèce, couverts de chapeaux, qui tuent cent mille autres animaux couverts d'un turban, ou qui sont massacrés

---

1. Les philosophes.
2. Construction aujourd'hui incorrecte. Lire : « à l'heure où… ».

par eux[1], et que, presque par toute la terre, c'est ainsi qu'on en use de temps immémorial?» Le Sirien frémit et demanda quel pouvait être le sujet de ces horribles querelles entre de si chétifs animaux. «Il s'agit, dit le philosophe, de quelques tas de boue grands comme votre talon. Ce n'est pas qu'aucun de ces millions d'hommes qui se font égorger prétende un fétu sur ces tas de boue. Il ne s'agit que de savoir s'il appartiendra à un certain homme qu'on nomme *Sultan* ou à un autre qu'on nomme, je ne sais pourquoi, *César*[2]. Ni l'un ni l'autre n'a jamais vu ni ne verra jamais le petit coin de terre dont il s'agit, et presque aucun de ces animaux qui s'égorgent mutuellement n'a jamais vu l'animal pour lequel ils s'égorgent.

— Ah, malheureux! s'écria le Sirien avec indignation, peut-on concevoir cet excès de rage forcenée? Il me prend envie de faire trois pas, et d'écraser de trois coups de pied toute cette fourmilière d'assassins ridicules. — Ne vous en donnez pas la peine, lui répondit-on; ils travaillent assez à leur ruine. Sachez qu'au bout de dix ans il ne reste jamais la centième partie de ces misérables; sachez que, quand même ils n'auraient pas tiré l'épée, la faim, la fatigue ou l'intempérance[3] les emportent presque tous. D'ailleurs, ce n'est pas eux qu'il faut punir: ce sont ces barbares sédentaires qui, du fond de leur cabinet, ordonnent,

---

1. Allusion à la guerre continue que se livrèrent au XVIIIe siècle la Turquie («turbans»), la Russie et l'Autriche («chapeaux»).

2. L'étymologie de *Tsar*, en russe, est *César*.

3. Excès de table — nourriture et surtout boisson — faits au cours des pillages.

dans le temps de leur digestion, le massacre d'un million d'hommes, et qui ensuite en font remercier Dieu solennellement[1]. »

Le voyageur se sentait ému de pitié pour la petite race humaine, dans laquelle il découvrait de si étonnants contrastes. « Puisque vous êtes du petit nombre des sages, dit-il à ces messieurs, et qu'apparemment vous ne tuez personne pour de l'argent, dites-moi, je vous en prie, à quoi vous vous occupez. — Nous disséquons des mouches, dit le philosophe, nous mesurons des lignes, nous assemblons des nombres, nous sommes d'accord sur deux ou trois points que nous entendons, et nous disputons sur deux ou trois mille que nous n'entendons pas[2]. » Il prit aussitôt fantaisie au Sirien et au Saturnien d'interroger ces atomes pensants pour savoir les choses dont ils convenaient.

« Combien comptez-vous, dit-il, de l'étoile de la Canicule à la grande étoile des Gémeaux ? » Ils répondirent tous à la fois : « Trente-deux degrés et demi. — Combien comptez-vous d'ici à la lune ? — Soixante demi-diamètres de la terre en nombre rond. — Combien pèse votre air ? » Il croyait les attraper, mais tous lui dirent que l'air pèse environ neuf cents fois moins qu'un pareil volume de l'eau la plus légère, et dix-neuf cents fois moins que l'or de ducat[3]. Le petit nain de Saturne, étonné de leurs réponses, fut tenté

---

1. Allusion à la pratique, après une bataille, du *Te Deum*, hymne de remerciement adressé au bon Dieu. Voltaire s'en moque dans *Candide*.

2. Nous discutons de deux ou trois mille que nous ne comprenons pas.

3. Or très fin. En fait, un litre d'air pèse environ 1,3 g, c'est-à-

de prendre pour des sorciers ces mêmes gens auxquels il avait refusé une âme un quart d'heure auparavant.

Enfin Micromégas leur dit : « Puisque vous savez si bien ce qui est hors de vous, sans doute vous savez encore mieux ce qui est en dedans. Dites-moi ce que c'est que votre âme, et comment vous formez vos idées. » Les philosophes parlèrent tous à la fois comme auparavant ; mais ils furent tous de différents avis. Le plus vieux citait Aristote, l'autre prononçait le nom de Descartes, celui-ci de Malebranche, cet autre de Leibnitz, cet autre de Locke. Un vieux péripatéticien dit tout haut avec confiance : « L'âme est une *entéléchie*, et une raison par quoi elle a la puissance d'être ce qu'elle est. C'est ce que déclare expressément Aristote, page 633 de l'édition du Louvre : Ἐντελέχεια ἐστι, etc [1].

— Je n'entends pas trop bien le grec, dit le géant.

— Ni moi non plus, dit la mite philosophique [2].

— Pourquoi donc, reprit le Sirien, citez-vous un certain Aristote en grec ? — C'est, répliqua le savant,

dire 770 fois moins qu'un litre d'eau. L'or, quant à lui, est à peu près 15 000 fois plus lourd que l'air.

1. Dans ce passage, chacun cite son philosophe favori — qui est toujours un homme du XVIIe siècle, à l'exception d'Aristote : René Descartes (voir note 2, p. 18) ; Nicolas Malebranche (1638-1715) ; Gottfried Wilhelm Leibniz (1646-1716) ; John Locke (voir note 1, p. 23). Un *péripatéticien* est un disciple d'Aristote, du nom grec du lycée (*peripatos*) où il avait institué son académie et où déambulaient les élèves. Il cite un extrait du *De anima* (II, 2) d'Aristote : *entelecheia esti* (*une entéléchie est [aussi la raison de celui qui a le pouvoir d'être tel]*).

2. Manière plaisante de souligner la petite taille et le peu d'importance du péripatéticien.

qu'il faut bien citer ce qu'on ne comprend point du tout dans la langue qu'on entend le moins. »

Le cartésien prit la parole, et dit : « L'âme est un esprit pur, qui a reçu dans le ventre de sa mère toutes les idées métaphysiques, et qui, en sortant de là, est obligée d'aller à l'école, et d'apprendre tout de nouveau ce qu'elle a si bien su et qu'elle ne saura plus. — Ce n'était donc pas la peine, répondit l'animal de huit lieues, que ton âme fût si savante dans le ventre de ta mère, pour être si ignorante quand tu aurais de la barbe au menton. Mais qu'entends-tu par esprit ? — Que me demandez-vous là ? dit le raisonneur, je n'en ai point d'idée : on dit que ce n'est pas de la matière. — Mais sais-tu au moins ce que c'est que de la matière ? — Très bien, répondit l'homme. Par exemple, cette pierre est grise et d'une telle forme, elle a ses trois dimensions, elle est pesante et divisible. — Eh bien ! dit le Sirien, cette chose qui te paraît être divisible, pesante et grise, me dirais-tu bien ce que c'est ? Tu vois quelques attributs ; mais le fond de la chose, le connais-tu ? — Non, dit l'autre. — Tu ne sais donc point ce que c'est que la matière. »

Alors M. Micromégas, adressant la parole à un autre sage qu'il tenait sur son pouce, lui demanda ce que c'était que son âme, et ce qu'elle faisait. « Rien du tout, répondit le philosophe malebranchiste ; c'est Dieu qui fait tout pour moi ; je vois tout en lui, je fais tout en lui : c'est lui qui fait tout sans que je m'en mêle. — Autant vaudrait ne pas être, reprit le sage de Sirius. Et toi, mon ami, dit-il à un leibnitzien qui était là, qu'est-ce que ton âme ? — C'est, répondit le leibnitzien, une aiguille qui montre les heures pendant que mon corps carillonne; ou bien, si vous voulez, c'est elle qui carillonne pendant que mon corps montre l'heure; ou bien mon âme est le miroir de l'univers, et mon corps est la bordure du miroir: cela est clair.»

Un petit partisan de Locke était là tout auprès; et quand on lui eut enfin adressé la parole: «Je ne sais pas, dit-il, comment je pense, mais je sais que je n'ai jamais pensé qu'à l'occasion de mes sens[1]. Qu'il y ait des substances immatérielles et intelligentes, c'est de quoi je ne doute pas; mais qu'il soit impossible à Dieu de communiquer la pensée à la matière, c'est de quoi je doute fort. Je révère la puissance éternelle, il ne m'appartient pas de la borner; je n'affirme rien, je me contente de croire qu'il y a plus de choses possibles qu'on ne pense.»

L'animal de Sirius sourit: il ne trouva pas celui-là le moins sage; et le nain de Saturne aurait embrassé le sectateur[2] de Locke, sans l'extrême disproportion. Mais il y avait là, par malheur, un petit animalcule en bonnet carré[3], qui coupa la parole à tous les animalcules philosophes; il dit qu'il savait tout le secret, que cela se trouvait dans la *Somme* de saint Thomas[4]; il

---

1. Je n'ai jamais pensé sans que mes sens n'aient été à l'origine de mes pensées. Selon Locke, l'expérience sensible serait à l'origine de toute pensée.

2. Disciple.

3. Un docteur de la Sorbonne, qui porte ce bonnet carré, signe de son appartenance à l'université. Celle-ci était alors une faculté de théologie dont la doctrine officielle émanait de la *Somme* de saint Thomas et soutenait sa thèse de l'anthropocentrisme. Voir la note suivante.

4. Thomas d'Aquin (1225-1274), philosophe et théologien italien, a notamment composé, sans la terminer, la *Summa theologiae* (*La Somme théologique*, 1266-1274).

regarda de haut en bas les deux habitants célestes; il leur soutint que leurs personnes, leurs mondes, leurs soleils, leurs étoiles, tout était fait uniquement pour l'homme. À ce discours, nos deux voyageurs se laissèrent aller l'un sur l'autre en étouffant de ce rire inextinguible qui, selon Homère, est le partage des dieux[1]; leurs épaules et leurs ventres allaient et venaient, et dans ces convulsions le vaisseau, que le Sirien avait sur son ongle, tomba dans une poche de la culotte du Saturnien. Ces deux bonnes gens le cherchèrent longtemps; enfin ils retrouvèrent l'équipage, et le rajustèrent[2] fort proprement. Le Sirien reprit les petites mites; il leur parla encore avec beaucoup de bonté, quoiqu'il fût un peu fâché dans le fond du cœur de voir que les infiniment petits eussent un orgueil presque infiniment grand. Il leur promit de leur faire un beau livre de philosophie, écrit fort menu pour leur usage, et que dans ce livre ils verraient le bout des choses. Effectivement, il leur donna ce volume avant son départ: on le porta à Paris, à l'Académie des sciences; mais, quand le secrétaire l'eut ouvert, il ne vit rien qu'un livre tout blanc: *Ah!* dit-il, *je m'en étais bien douté.*

---

1. Voir l'*Iliade* (I, v. 599-600).
2. Le remirent en place.

De la gravure

au texte

Alain Jaubert

De la gravure au texte

Le Cosmos
de Thomas Wright

… L'image est là pour donner une sensation d'infini…

Des sphères figurées en relief, et frappées de dizaines d'étoiles, s'empilent jusqu'à remplir tout le champ visuel. Certaines sont presque jointives. Aussi loin que l'œil pénètre dans la profondeur simulée, il en perçoit d'autres et il lui semble qu'il ne pourrait parvenir à les compter. L'image est là pour donner une sensation d'infini et pour montrer que chacune des étoiles figurées appartient à un ensemble, une sorte de boule flottant dans l'espace. C'est la planche XXXI d'un ouvrage rare mais assez célèbre, *An original theory, or New hypothesis of the universe founded upon the laws of nature, and solving by mathematical principles the general phaenomena of the visible creation, and particularly the « Via lactea », compris'd in nine familiar letters from the author to his friend…* (*Une théorie originale, ou Nouvelle hypothèse sur l'univers basée sur les lois de la nature, et résolvant par des principes mathématiques les phénomènes généraux de la création visible, et en particulier la « Voie lactée », composée de neuf lettres familières à son ami…*). Un petit in-quarto de 84 pages publié à compte d'auteur chez le libraire

H. Chapelle à Londres en 1750 par Thomas Wright (1711-1786) et orné de gravures en pleine page.

… la Voie lactée serait un groupement d'étoiles parmi beaucoup d'autres…

Wright est né à Byers Green, dans le comté de Durham. Pendant sa scolarité, à Sunderland, il étudie les mathématiques et la navigation. Marin, il voit souvent pendant ses nuits en mer ce spectacle prodigieux de rideaux de nuages qui s'écartent comme devant un tabernacle et dévoilent les traînées d'étoiles du firmament. Il est fasciné par la Voie lactée dont il peut observer qu'elle s'étire régulièrement en une bande lumineuse en travers du ciel nocturne. Il a alors cette intuition que cette ceinture de lumière ne peut être autre chose qu'une myriade d'étoiles éparpillées à l'intérieur d'un disque tournant autour d'un centre. Le Soleil, avec sa Terre, est lui-même une étoile prise dans ce tourbillon. Vues de la terre, toutes ces étoiles qui semblent d'une grande densité, donc très près les unes des autres, sont en fait dispersées sur des distances énormes. L'idée, quoique révolutionnaire du point de vue scientifique, n'était pas entièrement originale. Ainsi les compilateurs antiques qui rapportent les idées de Démocrite (v^e-ive siècle av. J.-C.) évoquent ses phrases sur le ciel nocturne : « La Voie lactée est la lumière de certaines étoiles. » Et aussi, elle « est formée d'astres tout petits et groupés si étroitement qu'ils nous paraissent ne faire qu'un, en raison de l'intervalle qui sépare la Terre du ciel, comme si on avait répandu une poudre de grains de sel fins et nombreux ».

Rentré dans sa province, Wright se fait construire un petit observatoire et continue ses réflexions. Pour étayer ses théories, il fait graver une série de planches passant de l'observation naturaliste (le ciel nocturne étoilé) à la représentation imaginaire des dimensions supérieures du cosmos. Wright propose deux hypothèses : soit la Voie lactée est une sorte d'anneau d'étoiles entourant un centre (un peu comme, à l'échelle des planètes de notre système solaire, les anneaux de Saturne), soit elle forme une sphère que nous percevons de façon tangente. Ainsi la planche XXXI représente l'ultime degré de la hiérarchie céleste : la Voie lactée serait un groupement d'étoiles parmi beaucoup d'autres. Chacune de ces bulles ou « univers-îles » rassemble une immense quantité d'étoiles (donc de soleils entourés à leur tour peut-être de planètes). Wright imaginait ainsi une super-galaxie entraînée dans un *Vortex Magnus* (grande rotation) autour d'un centre invisible, une sorte de soleil noir (une intuition de nos modernes « trous noirs ») où trônait Dieu, le moteur suprême.

… Ces « univers-îles » de Wright et de Kant, on les nomme plutôt aujourd'hui « galaxies »…

Depuis peu de temps, on pensait que les étoiles étaient répandues uniformément dans le ciel à l'infini (conception défendue par Newton). Wright, modeste chercheur amateur, corrige ce point de vue en y ajoutant des niveaux de hiérarchie ou de discontinuité. Son modèle devait vite avoir de l'impact. Cinq ans après la publication de son opuscule, Emmanuel Kant reprend ses théories et repart de cette stupeur qui frappe tout observateur du ciel nocturne : «Mais combien cet étonnement s'accroît lorsqu'on s'aperçoit que tous ces ordres immenses d'étoiles forment à leur tour l'unité d'un nombre dont nous ne connaissons pas la limite, unité qui est peut-être aussi inconcevablement grande que ces ordres et est cependant à son tour encore l'unité d'une nouvelle liaison numérique. Nous voyons les premiers membres d'une relation progressive de mondes et de systèmes, et la première partie de cette progression infinie laisse déjà reconnaître ce qu'on doit supposer du tout. » (*Histoire générale de la nature et Théorie du ciel*, 1755.) Un autre astronome amateur, un tailleur alsacien qui finira par être élu à l'Académie des sciences prussienne, Johann Heinrich Lambert, dans ses *Lettres cosmologiques sur l'organisation de l'univers* (1761), reprend ces mêmes idées d'emboîtages de mondes stellaires successifs.

À la différence de Wright, qui ne pouvait trouver d'autre explication à l'harmonie de ses sphères que dans la présence de la divinité au centre même de la machine, Kant et Lambert insistent surtout sur l'organisation et la hiérarchie des systèmes. Viendront juste après eux Pierre-Simon Laplace (1749-1827), qui émet l'hypothèse de la naissance du système solaire à partir d'une nébuleuse, et surtout William Herschel (1738-1822) qui compte patiemment les étoiles, estime leur distance et explique la forme de la Voie lactée. Ces «univers-îles» de Wright et de Kant, on les nomme plutôt aujourd'hui «galaxies», et la Voie lactée est «notre» galaxie ou encore la Galaxie, avec un G majuscule. Lorsqu'on regarde vers le milieu de ce ruban brillant, on regarde vers le centre de la Galaxie. Lorsqu'on regarde dans une direction opposée, on voit plutôt vers l'extérieur où l'on a l'impression (fausse, bien sûr) qu'il y a moins d'étoiles. Des galaxies, on en a recensé quelques dizaines de milliers. L'univers, tel que la science l'imagine aujourd'hui, en contiendrait mille milliards. Elles n'ont pas la régularité sphérique du dessin de Wright : domine parmi elles plutôt la forme lenticulaire (qui correspondrait donc à sa première hypothèse). Elles apparaissent aussi parfois sous forme d'amas ou encore comme de gigantesques tourbillons prolongés de bras, les « nébuleuses spirales » identifiées par Edwin Hubble en 1924 (ce qui est aussi la forme de notre galaxie).

… Quelques traits suffisent à rendre compte de forces invisibles…

La planche de Wright est un bel exemple de dessin ou de modèle « scientifique », un artisanat plutôt en marge des beaux-arts et qui s'est développé surtout à partir de la Renaissance. Mais qui avait des antécédents dans l'Antiquité avec les travaux, illustrés et recopiés de génération en génération, d'Archimède, d'Euclide ou encore de Vitruve. L'écrivain, le philosophe, l'ingénieur, le géomètre, l'encyclopédiste ont besoin parfois d'appuyer une démonstration complexe de schémas, de coupes, de croquis, de cartes, d'illustrations complémentaires : cela permet de rendre visible pour le lecteur les données évoquées bien mieux qu'avec les mots et les phrases. Ce peut être une imagerie d'observation : paysages, animaux, plantes, machines, gestes, outils… tout repose alors sur l'habileté de l'illustra-

teur. Mais ce peut être aussi une imagerie d'imagination, on dirait aujourd'hui abstraite ou virtuelle :
schémas, modèles, diagrammes, plans... et la pertinence du dessin viendra alors de l'efficacité
pédagogique. Les deux peuvent bien entendu être
mélangés.

Pour montrer le mécanisme de la circulation du
sang dans son fameux petit livre de 1628, William
Harvey dessine des bras humains de façon assez réaliste, mais sans trop de détails, et fait figurer en surface de la peau veines et artères désignées par des
lettres. Dans sa *Dioptrique* (1637), Descartes, pour
disserter sur « des images qui se forment sur le fond
de l'œil », dessine des schémas d'yeux coupés hori-
zontalement et fait figurer les rayons visuels qui joignent les objets examinés et la rétine en passant par
le cristallin. À la différence du dessin de Harvey,
c'est un pur schéma géométrique, lui aussi orné de
lettres pour baliser les points remarquables. Mais
parfois Descartes évoque dans sa démonstration un
aveugle : il introduit alors en plein texte la silhouette
réaliste d'un homme qui, avec ses deux bâtons,
cherche sa direction.

En 1586, l'ingénieur hollandais Simon Stevin
publie ses *Éléments de l'art de peser*. Il expose sous
forme d'élégants petits dessins tous les secrets de la
science des forces : leviers, roues, plans inclinés,
poulies, pression... Seule une main est figurée, celle
de l'expérimentateur, ainsi que des traits filiformes
qui sont les différentes composantes des forces exer-
cées (mais ces traits pourraient passer par exemple
pour des cordes ou des ficelles au cas où le lecteur voudrait se livrer à des travaux pratiques pour
vérifier les théories). Dans le cas de Harvey ou de

Descartes, les dessins, qu'ils soient réalistes ou au contraire très schématisés, ont toujours pour base un objet tangible appartenant à l'expérience sensible de chacun. Dans le cas de Stevin, les « ficelles » sont l'expression de notions tout à fait abstraites comme *force, masse, poids, vecteur, centre de gravité...* Quelques traits suffisent à rendre compte de forces invisibles, d'hypothèses séduisantes ou à résumer des causalités impossibles à figurer autrement.

... Cependant la beauté du modèle peut être dangereuse...

Le schéma, le plan, le croquis, le symbole ont fini par faire partie intégrante de notre culture, qu'elle soit savante ou populaire. Le système solaire avec les orbites des astres, les courants marins, les cycles de l'azote, de l'oxygène, du gaz carbonique, les chaînes alimentaires dans la nature, les schémas de l'évolution des espèces, la diffraction de la lumière, les symboles de l'électricité, de l'optique, de la chimie depuis l'atome de carbone jusqu'à la spirale de l'ADN, on n'en finirait pas de citer ces démonstrations en images qui réduisent à quelques traits simples et parlants des entités infiniment plus complexes...

Cependant, la beauté du modèle peut être dangereuse. La carte, le schéma, le modèle peuvent, en effet, être parfois si évidents, si irréfutables, si prégnants qu'on ne peut plus s'en défaire. Le système de Ptolémée (IIe siècle de notre ère) reste 1 300 ans en vigueur : la sphère céleste tourne autour de la Terre qui est en quelque sorte le centre du monde connu et les graphiques qui rendent compte de la circulation des astres selon de beaux cercles concentriques ont cette sorte d'évidence absolue qui interdit de les remettre en question. On a l'impression que la beauté graphique du modèle a joué autant que les dogmes religieux dans cette permanence du système. Il est remis en cause par le système de Copernic (1543) qui, certes, a du mal à s'imposer mais qui place cette fois le soleil au centre des orbites. Une fois l'héliocentrisme de Copernic introduit par Kepler, Galilée et d'autres savants, d'innombrables illustrations, des atlas du ciel, des schémas très simples ou plus complexes, des cercles de couleurs mobiles dans de grandes cartes vont immortaliser et populariser auprès des lettrés ce système qui pourtant sera à son tour en partie battu en brèche, à peine quelques générations plus tard, par les progrès de l'astronomie d'observation et du calcul au temps de Newton.

… Il s'agit de créer grâce à l'image une pédagogie de la technique…

La date de la publication des images de Wright est justement un moment clé. Le milieu du siècle voit le triomphe des idées de Newton (1642-1727). L'infini est à la mode. Diderot, d'Alembert, Voltaire se passionnent pour les nouvelles théories de l'astronomie qui remettent en cause à la fois la place de l'homme dans la nature et, par contrecoup, l'autorité des Saintes Écritures. Tous se préoccupent de mathématiques et d'astronomie. Voltaire écrit plusieurs textes et un essai sur la philosophie de Newton. Il en

tire aussi des conclusions romanesques piquantes.
Car si l'on suppose l'univers infini et empli de systèmes solaires identiques au nôtre, rien n'interdit de
penser que d'autres planètes, et donc d'autres êtres
pensants, existent au loin. D'autres êtres bien plus
beaux, plus grands et plus doués que nous autres,
pauvres petits humains. Il est dès lors stimulant
d'imaginer leur rencontre avec les Terriens sur le
mode des voyages de Gulliver. Ce sera le thème de
Micromégas. Évidemment Voltaire se trompe en ras-
semblant un habitant de Sirius, une étoile, donc par
définition inhabitable, et un habitant de Saturne,
une planète (dont on sait seulement aujourd'hui
qu'elle serait difficilement habitable), et surtout en
n'imaginant pas quelle distance incroyable il peut y
avoir entre les planètes de notre système solaire et
les étoiles les plus proches, mais enfin, la fiction
autorise tous les débordements !

Et puis le milieu du siècle c'est aussi un tournant
dans l'histoire de l'illustration avec le début d'une
entreprise à peu près sans précédent dans l'histoire
moderne, l'*Encyclopédie*. Publiée en volumes de 1751
à 1772 sous la direction de Diderot et d'Alembert,
avec le concours de tous les grands «intellectuels»
de l'époque, elle se double, de 1762 à 1772, de onze
volumes de planches gravées. Il s'agit de créer grâce
à l'image une pédagogie de la technique. Tous les
savoirs sont concernés, des plus humbles aux plus
nobles. Pas de hiérarchie, la divulgation de tous
les secrets de métiers, la mise en scène des gestes et
des procédés de fabrication. Le monde des «arts
et métiers», selon le mot des promoteurs, est immédiatement saisissable, étalé à la vue de tout un chacun. Les planches se présentent souvent en deux

parties. Une partie haute montre en un dessin réaliste des scènes avec des personnages. La partie basse expose plans, échelles, épures, coupes de machines et d'outils. Ainsi la planche *Boulanger* montre, en haut, le boulanger torse nu penché sur son pétrin, entouré de ses assistants qui façonnent les pains, les mettent au four, les pèsent. Dans la partie basse de l'image, des coupes du four, du pétrin, du moulin à grain et des divers instruments. De même *Art d'écrire* montre, en haut, une petite marquise élégante et bien coiffée écrivant sur une table Louis XV. En bas, on voit la position de la main qui tient la plume et différentes arabesques avec pleins et déliés. *Architecture, Lutherie, Minéralogie, Charpente, Agriculture, Escrime, Physique, Marbrerie,* etc. On a l'impression que les promoteurs de l'*Encyclopédie* ont voulu recenser tous les savoirs du monde, du moins ceux qui pouvaient se traduire en images.

L'illustration technique ou scientifique parvient souvent aux abords immédiats du grand art. Laissons de côté les peintres comme Albrecht Dürer ou Léonard de Vinci qui ont doublé leurs travaux picturaux de recherches graphiques approfondies sur les formes, recherches qui sont considérées aujourd'hui comme des chefs-d'œuvre absolus. Mais il faut évoquer aussi quelques productions du passé qui mériteraient de figurer aux côtés des plus grands trésors des musées. Le *De Corporis Humani Fabrica* édité à Bâle en 1543 par André Vésale (1514-1564) est l'une de ces étonnantes publications. Fondateur de la science anatomique moderne, Vésale, né à Bruxelles, avait étudié à Paris puis à Louvain, enseigné à Padoue, disséqué des dizaines de corps et en avait montré le fonctionnement à ses étudiants. Il a publié l'un des plus beaux ouvrages de gravures de la Renaissance européenne. Non seulement des dessins d'une remarquable précision anatomique mais aussi des mises en scène expressionnistes, baroques, surprenantes qui, des siècles plus tard, frappent encore de stupeur. Ses écorchés grandioses et solennels dressant leurs muscles sur fond de paysages bucoliques, ses squelettes méditant ou labourant sont des figures qui appartiennent désormais à l'histoire de l'art. D'autant plus que ses planches ont si vivement inspiré les peintres, les Vénitiens en particulier, Titien, Véronèse, Tintoret, que la perception du corps humain, de ses membres et de ses gestes en a été transformée pour toujours.

… Nous survolons en imagination les routes terrestres et maritimes…

La cartographie va produire en ces mêmes époques quelques-unes de ses plus grandes réussites. Gérard Mercator (1512-1594) invente en 1569 une carte du monde en dessinant des latitudes croissantes ce qui permet de tracer des routes maritimes et terrestres rectilignes coupant les méridiens toujours sous le même angle. Il a dessiné sa carte en la projetant sur un cylindre déployé ce qui a pour effet de grossir considérablement les terres situées aux latitudes extrêmes (heureusement beaucoup plus rares et moins fréquentées que les autres). C'est un modèle « faux », bien sûr, mais que nous continuons à utiliser dans la vie courante même si les voyages en bateau et en avion nous ont appris que ces lignes droites ne sont pas les plus courtes. Nous avons un rapport avec la carte assez identique à celui que les géants de la littérature, les Gulliver, les Micromégas, peuvent établir avec les régions qu'ils parcourent. Nous survolons en imagination les routes terrestres et maritimes et cette capacité mimétique est une des principales sources de connaissance et de plaisir intellectuel.

Les cartes du ciel connaissent aussi une grande faveur. Le Vénitien Vincenzo Coronelli (1650-1718) fabrique pour Louis XIV les plus grands globes terrestre et céleste connus à ce jour, presque 4 mètres de diamètre (Bibliothèque nationale de France). Le globe terrestre montre la Terre telle qu'on la connaît en 1700, donc avec encore bien des blancs sur les cartes. Et partout des scènes peintes par d'excellents artistes (pêche, batailles navales, chasse à l'autruche ou à l'éléphant, cannibales brésiliens, palmiers d'Arabie…) ainsi que d'innombrables cartouches ornés donnant toutes les informations sur les pays, les vents, les courants, les climats. Le globe céleste, lui, donne la position des étoiles et des planètes avec leurs orbites et leur superpose les animaux ou les personnages symboliques des constellations définies depuis l'Antiquité. L'emphase de ces représentations qui brouillait quelque peu le message scientifique a disparu aujourd'hui, mais les schémas simplifiés de ces constellations sont restés dans notre culture populaire (et même savante) afin de faciliter la reconnaissance et la mémoire des étoiles (le Grand Chariot, la Croix du Sud, le Cygne, le Navire Argo, etc.).

… des joyaux du dessin et de la couleur…

Français né à Saint-Domingue mais devenu Américain et ayant vécu dans le Nouveau Monde, Jean-Jacques Audubon (1785-1851) parcourt toutes les provinces d'Amérique du Nord et y étudie les oiseaux et quelques autres animaux. Il est en quelque sorte lui aussi un disciple de l'*Encyclopédie*. Il observe, il dessine et il peint des planches extraordinaires, fruit de ses observations patientes sur le terrain. Ses *Oiseaux d'Amérique*, publiés en fascicules à partir de 1830, plusieurs fois réédités depuis, sont aujourd'hui considérés comme des joyaux du dessin et de la couleur. La spatule rose, le balbuzard pêcheur qui tient un aiglefin dans ses serres, le pélican brun, le flamant rose, la chouette effraie, le harfang des neiges sont devenus comme des animaux fétiches familiers, et pas seulement du public américain.

Ernst Heinrich Haeckel (1834-1919) fut un disciple de Darwin. Il a laissé bon nombre de travaux scientifiques mais il est connu dans le monde de l'art par un ouvrage extraordinaire, *Kunstformen der Natur* (1904) (*Les Formes artistiques de la nature*). C'est une suite de 100 planches dessinées en noir sur fond blanc ou, parfois, en blanc sur fond noir. Radiolaires, foraminifères, éponges, coraux, méduses, étoiles de mer, algues, anémones, coquillages, poulpes, champignons, araignées, tiques, chauves-souris, grenouilles, sangsues, lichens, mousses, orchidées, lézards, caméléons, diatomées, crevettes, crabes, hippocampes, tortues, oiseaux-mouches, antilopes… L'inventaire est étrange. Les animaux ne sont pas toujours sympathiques et le choix est

limité en regard de l'immense prolifération des
espèces. Et puis, l'ordre des planches est arbitraire.
Seuls comptent la disposition dans la page de diverses
espèces (souvent ennemies ou incompatibles), les
résonances entre les formes, les arborescences,
les arabesques, les cloisonnements, les symétries
ou les motifs répétitifs.

*... les gravures, c'étaient leurs corps, le texte, c'était
leur âme...*

Citons une des dernières grandes étapes de l'illustration (mais il y en a des dizaines d'autres, sans
aucun doute), le *Nouveau Larousse illustré*, publié
entre 1898 et 1907 en 7 volumes et un volume de
suppléments. Il se distingue par son illustration
du premier *Grand Dictionnaire universel* de Pierre
Larousse, publié entre 1866 et 1888 en 17 volumes.
Désormais, l'image a sa place, fondamentale :
planches en noir et blanc — tout sur le château fort
ou la machine à vapeur — et surtout en couleurs —
célèbre double page sur les oiseaux du monde, ou
bien les œufs ou encore les coquillages. Jean-Paul
Sartre, dans *Les Mots*, raconte son émerveillement
d'enfant lors de sa découverte livresque du monde :
« Hommes et bêtes étaient là en personne : les gravures, c'étaient leurs corps, le texte, c'était leur âme,
leur essence singulière... »
La photographie puis le cinéma scientifique n'ont
pas aboli l'illustration traditionnelle. Certes, les outils
nouveaux ont permis l'exploration de l'infiniment
petit — animaux, plantes, micro-organismes, cris-
taux, virus — comme de l'infiniment grand — pla-

nètes, galaxie, nébuleuses lointaines. De même, avec les travaux de l'Américain Edward Muybridge (1830-1904) ou de son exact contemporain le Français Étienne Marey (1830-1904), des mouvements que les sens ne percevaient pas entièrement ont pu être enregistrés et décomposés. Le ralenti, l'accéléré, la pénétration dans la matière grâce aux rayons X ont généré de nouvelles images. Mais le dessin, la schématisation, la réduction graphique des phénomènes ou des choses, que ce soit par le crayon ou par l'ordinateur, ont continué à participer à la connaissance du monde sensible et il ne semble pas qu'on puisse jamais s'en priver.

Pour en revenir au modèle de Wright, on pourrait se demander s'il est tout à fait pertinent quant à l'hypothèse de son auteur. Il propose un modèle. C'est une image qui nous est presque familière aujourd'hui tant elle anticipe sur des illustrations modernes de science-fiction. Mais si on l'observe bien, on voit que l'auteur (Wright ou un dessinateur à qui il a demandé de traduire son idée) n'a pu suggérer une sphère qu'en lui appliquant les ombres et les lumières d'une boule de billard. Du coup, celle-ci apparaît tout à fait pleine, et avec des étoiles figurées seulement sur sa surface. Ce qui contredit le modèle lui-même : le regard devrait pénétrer à l'intérieur de chaque bulle comme il « pénètre » par une nuit étoilée très profond dans l'épaisseur de la Galaxie. Mais c'est le sort de presque tous les schémas et modèles : pour que l'idée passe, il faut qu'elle soit réduite à des éléments plus simples (ici l'empilement des bulles prime sur leur transparence). Ensuite, c'est à l'imagination de jouer, plongeant dans ces profondeurs vertigineuses tel un nouveau Micromégas.

Le texte

en perspective

Guillaume Peureux

Mouvement littéraire

Voltaire et les Lumières

1.

Les Lumières

Le siècle de Voltaire est souvent baptisé « le siècle des Lumières ». Cette appellation est d'actualité dès le XVIIIe siècle, ce qui indique que les philosophes du temps étaient conscients du processus de pensée qu'ils avaient engagé. Il s'agit d'un mouvement philosophique d'ampleur européenne qui touche la France, l'Angleterre, l'Allemagne, l'Italie, la Pologne ou encore la Russie. Il place au centre de sa réflexion le sens commun propre à chaque individu, condition de l'activité critique et de la compréhension des phénomènes. Les préjugés et les superstitions, religieux ou scientifiques, sont donc l'objet d'une vive critique. En cela, les Lumières sont un mouvement fondé sur un espoir de progrès de la civilisation et d'émancipation des hommes. C'est aussi une philosophie de l'action, à laquelle Voltaire n'a pas été étranger.

1. *Un mouvement d'émancipation*

Le philosophe allemand Emmanuel Kant (1724-1804) propose une définition claire de la pensée des Lumières, dans *Qu'est-ce que les Lumières ?* (trad. J.-M. Muglioni, Hatier) :

> Aie le courage de te servir de ton propre entendement ! Voilà la devise des Lumières.

Il s'agit de faire parvenir les hommes à une forme d'autonomie et de responsabilité de leurs actes. Cette émancipation passe par la mise à distance de diverses formes de dominations qui s'exercent sur les hommes : dominations spirituelles et religieuses, intellectuelles et politiques, économiques et sociales. Car cette accession rêvée du public le plus large à l'usage de la raison est guidée par un aspect social qui consiste à le rendre plus heureux du fait même de ces libérations. Les penseurs des Lumières cherchent à réaliser ces objectifs ambitieux au moyen de leurs œuvres et de leur diffusion. La définition que Diderot, dans l'*Encyclopédie*, donne de l'« éclectisme », qui était à l'origine un mouvement philosophique antique et de peu d'importance, semble parfaitement convenir à l'image du philosophe des Lumières :

> L'éclectique est un philosophe qui, foulant aux pieds le préjugé, la tradition, l'ancienneté, le consentement universel, l'autorité, en un mot tout ce qui subjugue la foule des esprits, ose penser de lui-même, remonter aux principes généraux les plus clairs, les examiner, les discuter, n'admettre rien que sur le témoignage de son expérience et de sa raison […]. L'ambition de l'éclectique est moins d'être le précepteur du genre humain que son dis-

ciple ; de réformer les autres, que de se réformer lui-même.

L'émancipation dont les savants, les lettrés ou les philosophes font l'expérience ne doit donc pas être réservée à ces seuls privilégiés mais toucher la population dans son ensemble. Il s'agit de soumettre la totalité des savoirs et des croyances à un examen approfondi, de libérer les hommes de la superstition en faisant de la philosophie un mode de questionnement. *Micromégas* est précisément consacré à proposer un regard satirique sur les prétentions humaines, composées d'un ensemble de croyances infondées. John Locke (1632-1704) et Isaac Newton (1642-1727) constituent les fondements méthodologiques et scientifiques de ce court récit plaisant et merveilleux : Locke a essayé de cadastrer le savoir humain, ses connaissances et ses ambitions par le biais de l'expérience ; Newton, quant à lui, a illustré cette méthode et ses propositions. Tous deux ont en fait cherché à se détacher, et les sciences avec eux, des superstitions, tout comme Voltaire voudrait voir son lecteur se défaire de savoirs qui parasitent son rapport au réel. Mais ce dernier lui donne également une leçon de relativisme, que met en lumière le seul nom du personnage central, *micro* (petit)-*mégas* (grand). En effet, ce qui est grand ne l'est que par rapport à quelque chose de petit, et ce qui est petit ne l'est que par rapport à quelque chose de plus grand, mais se révèle plus grand que quelque chose de minuscule, et ainsi de suite. Si les humains prenaient conscience de leur minuscule taille au regard de l'univers tout entier, de la vanité de certaines de leurs actions, peut-être les guerres et les querelles prendraient-elles fin.

2. *Progrès et optimisme*

Les philosophes croient que le monde peut aller vers l'avènement de la paix et de la justice. Leurs écrits les engagent ainsi tout particulièrement dans une lutte contre l'aveuglement. Voltaire, par exemple, s'en prend au fait religieux tel qu'il se déploie institutionnellement, notamment par la domination démesurée qu'il exerce sur les esprits, mais aussi par son interventionnisme dans l'espace public — censure, procès. Le présent, l'actualité sont donc au centre de leurs questionnements.

Comme Voltaire qui s'intéresse aux sciences naturelles et aux sciences exactes en général, ces penseurs sont de véritables savants, préoccupés des avancées de la science et de ses répercussions pratiques. Or, le XVIIIe siècle est marqué par un certain nombre de découvertes et de bouleversements scientifiques, qui ne sont d'ailleurs pas sans incidence sur la compréhension de *Micromégas* : lors de sa rencontre avec les hommes, Micromégas semble d'abord les mépriser, en raison de leur petite taille mais aussi des vilenies qui caractérisent les sociétés humaines. Mais quand ils se montrent capables de calculer la distance de la terre à la lune ou quand ils évoquent le poids de l'air, il est impressionné par les possibilités humaines (chapitre 7). Au XVIIIe siècle, de nombreuses sociétés savantes sont créées, qui contribuent à débattre des savoirs et à faire paraître des écrits de vulgarisation scientifique. On découvre notamment les globules rouges, les spermatozoïdes, la chimie se renouvelle et s'organise (terminologie, symboles), l'idée que l'univers est infini est enfin acceptée de manière générale. Dans une sorte de mise en abyme du voyage scientifique visant à fonder le savoir sur des données vérifiables, la rencontre des voyageurs et des terriens, à la fin de *Micromégas*, illustre l'espoir et la possibilité d'une société savante internationale, ouverte et constructive.

Les découvertes scientifiques nourrissent la contestation anti-religieuse, anti-catholique en particulier. Dogmes et lois édictés par l'Église perdent une partie de leur pertinence et de leur légitimité, ce qui est une manière pour Voltaire de libérer les consciences et de les faire tendre vers l'autonomie : ces découvertes renforcent l'idée d'une progression possible des sociétés humaines. Les superstitions religieuses font l'objet d'une attaque en règle par certains penseurs des Lumières. Le christianisme, qui dévalorise l'homme, trouve chez ces derniers une réponse contradictoire : ils défendent et justifient les passions, en leur trouvant une fonction salutaire, alors que l'Église voudrait les domestiquer et même les éradiquer. L'homme est capable d'action et peut, de ce fait, s'améliorer. Sa liberté fondamentale — que l'Église lui a prise — est propre à lui permettre de s'améliorer tout en faisant le bien pour sa communauté d'appartenance. L'honneur est un moteur qui pousse les individus à vouloir se distinguer dans le bon sens. Il faut pour cela les réguler, notamment en les instruisant sur l'histoire, afin qu'ils s'inspirent de modèles louables et ne commettent pas les erreurs du passé.

Les philosophes des Lumières aspirent à ébranler certaines assises de l'Ancien Régime. C'est la raison pour laquelle ils n'hésitent pas, comme Voltaire qui rejoint la cour de Frédéric II, à se rapprocher de certains monarques. Ils voient dans ce rapprochement la possibilité d'un levier puissant pour la réalisation de certains de leurs idéaux, tandis que les monarques éclairés se servent de leur réservoir d'idées pour modifier certains aspects de la société qu'ils dirigent. On parle alors de «despotes éclairés». Il s'agit de souverains européens qui sont le plus souvent lettrés, qui lisent le français et se tiennent donc informés des avancées de la pensée philosophique. En Suède, au Danemark, en Pologne, en Espagne, au Portugal, en Russie, en Autriche, en Prusse, on assiste dans la seconde moitié du XVIIIe siècle, à des degrés divers et sous des formes différentes, à un fort courant de modernisation des États et à des tentatives politiques d'amélioration du sort des peuples. Cela passe notamment par l'augmentation des libertés individuelles, la professionnalisation de l'administration, des prises de distance par les monarques à l'égard du pouvoir papal, la mise en place de l'enseignement obligatoire et la suppression provisoire de la peine de mort en Autriche (entre 1781-1795), mais aussi par la condamnation de l'esclavage dans certains États — il y eut ainsi, entre 1788 et 1792, en Angleterre un projet de loi abolitionniste qui ne passa toutefois pas.

3. *Tolérance et déisme*

L'une des notions centrales pour ce progrès général est la tolérance. Voltaire a d'ailleurs composé un *Traité de la tolérance* (1763) : il s'agit, quoi qu'il soit très critique à l'égard de l'Église chrétienne, d'accepter, sans s'interdire de tenter de lui substituer raison et autonomie, que des fois différentes puissent coexister. Rousseau, dans sa *Lettre à Monseigneur de Beaumont* (1763), demande à l'archevêque de Paris de tolérer les protestants.

Les philosophes des Lumières regrettent un monde d'avant le christianisme, largement fantasmé, tout en étant malgré eux habités par lui. Leur mouvement, soucieux de la condition humaine et optimiste, révèle de réelles zones de contact avec les thèmes de prédilection des chrétiens : la condamnation de l'esclavage, de la tyrannie, de l'ignorance, de la barbarie. Les Lumières n'ont donc pas pu se substituer au christianisme et Voltaire lui-même, qui appelle « l'infâme » tout ce qui concerne les forces cléricales et les injustices féodales, rêve d'établir une forme nouvelle de religiosité, fondée sur la raison. En effet, il se dit déiste : selon lui, on peut déduire l'existence d'un être supérieur par la mise en évidence d'un dessein du monde, d'un sens concerté de l'histoire. Surtout, il pense que cette foi en un être suprême est la vraie religion, qui aurait précédé dans le temps les autres religions connues. Pourtant, Voltaire n'est pas dupe de ses propres croyances et envisage aussi que les doctrines religieuses puissent avoir pour finalité de conserver l'ordre social en maintenant les peuples sous la coupe des autorités religieuses.

Dans *Micromégas*, Voltaire ne prend pas partie pour le déisme. Toutefois, les Jésuites du collège où le héros a fait ses études, et les « inquisiteurs », sont l'objet d'une condamnation explicite. Ainsi, lorsque le philosophe de Saturne et Micromégas débarquent sur Jupiter, au chapitre 3 :

> Ils passèrent dans Jupiter même, et y restèrent une année, pendant laquelle ils apprirent de beaux secrets, qui seraient actuellement sous presse sans

messieurs les inquisiteurs, qui ont trouvé quelques propositions un peu dures. Mais j'en ai lu le manuscrit dans la bibliothèque de l'illustre archevêque de…, qui m'a laissé voir ses livres avec cette générosité et cette bonté qu'on ne saurait assez louer.

Les inquisiteurs, qui poursuivent tout ce qu'ils jugent hérétique, s'interposent donc entre le public et le savoir. L'Église apparaît opposée au déploiement de la raison et au progrès. Toutefois, la confidence faite par le narrateur — « j'en ai lu le manuscrit… » — apporte deux informations inattendues : d'abord, un archevêque possède les prétendus manuscrits interdits, ce qui suggère que le clergé contrôle la diffusion du savoir sans se priver d'y accéder lui-même, signe qu'il maintient à dessein les foules dans l'ignorance pour les dominer et protéger sa propre position ; ensuite, le narrateur est assez proche d'un archevêque pour que celui-ci lui montre ces manuscrits interdits et les lui laisse lire, ce qui témoigne d'une complicité entre les deux personnages, alors même que le premier est le porte-voix de Voltaire lui-même.

4. *La diffusion des savoirs :* l'Encyclopédie

Au cours du XVIIIᵉ siècle, le savoir fait l'objet d'une vaste entreprise de diffusion à des fins de vulgarisation. Journaux et almanachs se multiplient. L'ouvrage le plus significatif de cet effort est sans doute l'*Encyclopédie* dirigée par Diderot et d'Alembert — l'encyclopédisme étant entendu comme la réunion des savoirs. Son titre exact, *Encyclopédie, ou Dictionnaire raisonné des sciences, des arts et des métiers par une Société de gens de lettres* met en lumière son projet : proposer une somme des savoirs, d'où dix-sept volumes accompagnés de onze volumes de planches, 72 000 articles, et presque 160 collaborateurs. Cette entreprise collective connaît un grand succès et touche près de 25 000 souscripteurs à travers l'Europe.

C'est une machine de guerre idéologique, qui relaie et diffuse de manière très large la pensée de ses auteurs ; elle fut même condamnée et interdite à l'impression en 1759. C'est aussi un vaste ouvrage polyphonique, aux notices et articles polymorphes, de valeur et d'intérêts divers, de tons et de méthodes divergents, qui en font un objet de lecture qui peut néanmoins se révéler divertissant. Elle est surtout le témoignage de l'activité de ces nombreux hommes de lettres, connus ou inconnus, qui ont vu dans ce projet la possibilité de dépoussiérer les savoirs, de les actualiser et de les vulgariser. La publication des livres, leur large diffusion donne l'occasion à de nombreux savants et penseurs de faire parvenir leur travail dans les lieux les plus éloignés de l'Europe, et donc de faire progresser la raison.

Le *Dictionnaire philosophique portatif* que Voltaire fait paraître en 1764 relève de la même logique encyclopédique. L'ouvrage est dit *portatif* : tel un livre de poche, il est supposé pouvoir être transporté en tout lieu, devenir une « Bible » pour ses lecteurs. Si cette entreprise individuelle ne saurait rivaliser avec celle de l'*Encyclopédie,* elle témoigne surtout d'un esprit des Lumières, soucieux de faire le recensement et la critique des connaissances.

5. *L'envers du décor ?*

La diffusion des Lumières est souvent associée à l'émergence d'une forme de pouvoir qu'on a déjà évoquée, les «despotes éclairés», princes cultivés qui ont promu une dimension sociale dans leur politique et qui ont protégé parfois des philosophes comme Voltaire. L'expression «despotes éclairés» doit toutefois être minutieusement observée : s'ils sont éclairés, ce qui influe positivement sur les conditions de vie des peuples qui vivent sous leur domination, ils demeurent des despotes. Ce ne sont ni des démocrates ni des philanthropes animés par des élans gratuits de générosité destinés aux peuples qu'ils gouvernent.

À partir des années 1750, l'Europe assiste à un processus orchestré par les princes de réorganisation et de rationalisation de la vie locale, de la fiscalité, du commerce. Il s'agit en fait d'imposer l'idée que le prince est l'État, puisqu'il exerce clairement son pouvoir à tous les degrés de la vie administrative. Cette période est celle de l'extension des prérogatives de l'État, jusqu'au niveau local de la société : on assiste à des simplifications administratives et à des améliorations dans le domaine des conditions de vie. En réalité, les «despotes éclairés» souhaitent affaiblir toutes les formes de contre-pouvoir, comme l'aristocratie en Europe de l'Est, ou l'Église en Europe occidentale. Ils modernisent l'administration afin d'avoir leurs propres relais dans tout leur pays, non pas tant pour le bien du peuple que pour exercer un contrôle extensif sur les gens. Même Frédéric II, qui noue avec Voltaire une relation de complicité amicale, semble surtout vouloir valoriser son image publique, en particulier à l'égard des Français : il s'agit de faire mieux passer dans l'opinion publique sa politique militaire agressive à l'encontre de la France en Europe centrale. Le comprenant, Voltaire, qui se sentit trahi, est déçu.

Par ailleurs, les penseurs des Lumières ont une piètre idée des masses souffrantes, ignorantes et barbares. Leur désir d'éduquer les peuples procède en réalité directement du mépris dans lequel ils les tiennent. Voltaire semble considérer que les hommes sont inconséquents et vivent sous le régime de la contradiction : les usages contredisent les lois, des pratiques injustes et égoïstes contredisent les aspirations altruistes. L'affaire Calas, à Toulouse, telle que Voltaire l'appréhende dans son *Traité sur la tolérance*, révèle cette inconséquence. La condamnation à mort par le parlement de Toulouse du protestant Marc-Antoine Calas — accusé d'avoir tué le 13 octobre 1761 son fils parce que celui-ci aurait voulu se convertir au catholicisme, alors qu'il a simplement craint que son fils ne se soit suicidé et qu'il a voulu camoufler ce fait — apparaît à Voltaire comme relevant d'un enchaînement d'actes contradictoires et injustes. La cour de justice est remplie d'hommes pieux appartenant à des confréries de pénitents, ils ne votent pas sa condamnation à l'unanimité, le procès est transformé en spectacle par l'exposition publique d'un squelette représentant Calas et tenant une plume pour abjurer son hérésie, ce qui pousse le peuple à réclamer la tête du pauvre homme. Alors que sa culpabilité n'est pas avérée, Calas est roué vif, étranglé puis brûlé le 9 mars 1762.

2.

Micromégas et les Lumières

Sans l'incarner totalement, l'ambition de *Micromégas* entre en écho avec l'esprit des Lumières : Voltaire a composé un conte pétri d'allusions savantes, de remarques d'ordre philosophique dont le merveilleux assure la lisibilité. Le texte participe à la diffusion militante d'un savoir et de questionnements destinés à inciter les lecteurs à renouveler leur savoir, tout en les faisant recourir à l'usage de leur raison.

1. Micromégas : *une œuvre savante*

L'un des aspects essentiels du conte de Voltaire porte sur les entretiens de Micromégas avec les personnages qu'il rencontre — en particulier dans le chapitre 7.

Micromégas est une illustration de l'intérêt de Voltaire pour le scientifique Isaac Newton, déjà marqué avec ses *Éléments de la philosophie de Newton* (1738). Pour lui, le savant anglais incarne un renouveau de la pensée philosophique et scientifique qui lui permet de contester, voire de nier la pensée de René Descartes (1596-1650), pourtant considérée par certains comme une référence indépassable. Selon Voltaire, Descartes est un auteur non rationnel, à l'esprit et aux raisonnements obscurcis par la foi, hormis dans ses écrits de géométrie. Dans l'article « cartésianisme » de son *Dictionnaire philosophique*, il dénonce ce qu'il juge arrogant chez l'auteur du *Discours de la méthode*: vouloir pénétrer les secrets de la nature, connaître les causes premières des choses et recourir à un jargon philosophique alors que le but des savants est seulement de «déterminer tous les effets». Voltaire lui reproche son mépris du calcul, sa physique mâtinée de métaphysique, ce qui l'invalide, l'ensemble des superstitions qui englobent son travail. Un passage de *Micromégas* donne corps à la bataille menée par Voltaire contre Descartes : «l'animal de huit lieues» interroge le philosophe cartésien à propos de «l'âme [qui] est un esprit pur» et sur ce qu'il entend par «esprit». Le cartésien doit finalement lui répondre, acculé : «Que me demandez-vous là? je n'en ai point d'idée : on dit que ce n'est pas de la matière.» Répondant à une question par une autre question, puis, nommé «raisonneur» de manière ironique, puisqu'il se montre précisément incapable de raisonner, il avoue qu'il parle de l'esprit parce qu'«on le dit»… En quelques répliques, Voltaire attaque frontalement Descartes, mais fait passer son offensive dans un dialogue plaisant.

De la même manière, le théologien anglais William Derham (1657-1755), auteur d'une *Physico-theology* et d'une *Astro-theology*, fait l'objet d'une mention railleuse : le narrateur souligne que Micromégas n'a pas pu, au cours de ses voyages, voir «à travers les étoiles», alors que Derham prétendait avoir pu le faire au moyen de sa lunette. Feignant de ne vouloir «contredire personne», le narrateur se contente de mentionner que son personnage «était sur les lieux» et que «c'est un bon observateur» (chapitre 2), de sorte que «l'illustre vicaire», par antiphrase, passe pour un charlatan. Micromégas, quant à lui, est crédibilisé en tant qu'il est un « observateur » des phénomènes, qui ne cherche pas leurs causes premières, mais se contente de raconter et décrire ce qu'il a réellement observé. Cela se confirme plus loin, lorsque Micromégas observe « fort patiemment » (chapitre 4) avec sa lunette les humains et qu'il découvre qu'il « se trompait sur les apparences, ce qui n'arrive que trop, soit qu'on se serve ou non de microscopes » (chapitre 5), manière de signifier qu'il faut observer, mais aussi être prudent et mesuré dans ses affirmations et conclusions, car l'univers est insondable, toujours à redécouvrir.

L'une des conséquences apparentes des lectures de l'auteur est la nature du voyage interplanétaire effectué par Micromégas. Sa pérégrination est pour le moins paisible, le cosmos est maîtrisé et apparaît comme un objet que l'on arpente tranquillement. À travers les expériences de son héros, *Micromégas* met en vedette la méthode empiriste, basée sur l'expérience, sur le rejet de la métaphysique et des religions qui risquent de parasiter l'appréhension du réel. Observateur, Micromégas arpente l'univers pour le découvrir, en apprendre les ressorts. Voltaire s'inspire de Locke qui, à la suite de Bacon, a défendu la primauté de l'expérience sensorielle et l'observation des phénomènes. La connaissance ne s'établit qu'en plusieurs étapes qui permettent chacune de multiplier les points de vue sur l'objet étudié. On rencontre un disciple de Locke au cours de la conversation collective du chapitre 7. Modeste et mesuré, puisqu'il n'intervient que « quand on lui eut enfin adressé la parole », il « n'affirme rien » et se « contente de croire qu'il y a plus de choses possibles qu'on ne pense », mêlant en fait la pensée du philosophe anglais à celle de Voltaire lui-même. Le conte délivre une leçon morale univoque au lecteur : il faut reconnaître et accepter avec modestie les limites et les proportions de notre esprit, de notre connaissance et de notre planète.

2. Micromégas : *une œuvre militante*

La satire est une arme redoutable que Voltaire manie pour orchestrer la diffusion de ses idées tout en détruisant celles de ses adversaires. Le conte est par lui-même une arme dans les combats qu'il mène. Le rire du lecteur dévoile ses propres contradictions et l'invite à modifier son point de vue, voire à se débarrasser de superstitions qui le trompent.

La remarque la plus brutalement contestataire concerne la guerre et plus précisément ceux qui la décident sans la faire, donc sans prendre le risque d'y mourir. Les hommes répondent à Micromégas qu'il ne faut pas châtier les soldats qu'on envoie sur les champs de bataille (chapitre 7) :

> Ce n'est pas eux qu'il faut punir : ce sont ces barbares sédentaires qui, du fond de leur cabinet, ordonnent, dans le temps de leur digestion, le massacre d'un million d'hommes, et qui ensuite en font remercier Dieu solennellement.

Ce passage est très dense et riche de nombreuses significations. Voltaire invite par le biais de son personnage à condamner les décideurs qui, dans le confort feutré d'un cabinet, semblent n'éprouver aucun scrupule ni aucune hésitation à provoquer la mort d'un « million » d'hommes, hyperbole qui permet de mettre en évidence le contraste entre les masses sacrifiées par des individus isolés dans les capitales. Le « temps de leur digestion », qui n'est pas le plus approprié pour réfléchir sereinement, stigmatise aussi le confort dans lequel vivent ceux qui envoient des malheureux au combat, dans des conditions d'existence déplorables. Enfin, les remerciements adressés au bon Dieu par le truchement d'un *Te Deum* paraissent doublement paradoxaux. Non seulement parce que la mort d'êtres humains ne saurait réjouir quiconque, mais aussi parce que le dieu des chrétiens apparaît comme un dieu cruel et injuste, qui sacrifie des foules pour le bénéfice de quelques privilégiés.

L'expression « barbares sédentaires » est donc tout à fait judicieuse : elle désigne les princes qui ne bougent pas de chez eux, au contraire des hommes qui font la guerre, mais qui sont de vrais « barbares » par les décisions qu'ils prennent, alors que les soldats, qui pourraient passer pour des brutes, sont seulement les victimes de la barbarie couronnée.

Pour en savoir plus sur l'affaire Calas

VOLTAIRE, *L'Affaire Calas* [contient diverses lettres et archives historiques, le *Traité sur la tolérance,* des documents relatifs à l'affaire Sirven, etc.], Gallimard, coll. « Folio classique », 1975.

Pour prolonger la réflexion

Robert DARNTON, *L'Aventure de l'*Encyclopédie *(1775-1800). Un best-seller au siècle des Lumières,* Librairie académique Perrin, 1982.

Vincenzo FERRONE et Daniel ROCHE (dir.), *Le Monde des Lumières,* Fayard, coll. « Le Grand Livre du Mois », 1999.

John GRAY, *Voltaire,* trad. par Jean-Luc Fidel, Le Seuil, coll. « Points Essais », 2000.

René POMEAU, *L'Europe des Lumières*, Stock, 1991.

René POMEAU, *La Religion de Voltaire*, Nizet, 1969.

Dominique POULOT, *Les Lumières*, PUF, coll. « Premier cycle », 2000.

Genre et registre

Le conte philosophique
et les armes du comique

RÉCIT COURT d'événements imaginaires ou même merveilleux, le conte est généralement distrayant tout en ayant une visée didactique, et s'inscrit dans une tradition orale en exprimant une sagesse universelle. Entre le XVIe et le XVIIIe siècle, le genre se coupe de son origine orale et populaire pour devenir un divertissement mondain. Il devient même difficile à discerner d'autres formes d'écriture comme la nouvelle, le roman bref ou le fabliau, car il se caractérise par la liberté d'invention qui y est laissée à l'auteur.

Lorsqu'on dit que Voltaire a inventé le conte philosophique avec *Zadig* et *Micromégas*, on doit relever deux éléments essentiels. D'une part, *Micromégas* est un conte en ce que le récit est relativement bref, qu'il commence presque par la phrase canonique « Il y avait un jeune homme… » (comme si c'était « Il était une fois… ») et qu'il est pris en charge par un narrateur qui laisse entendre sa voix, comme dans un conte oral. D'autre part, le texte a une dimension philosophique en ce qu'il pose des questions d'ordre didactique et les illustre au moyen de la fiction. Pourtant, aux yeux de Voltaire, *Micromégas* est une « bagatelle », un « badinage » (lettre du 15 juillet

1752), comme s'il souhaitait en minorer la dimension philosophique, et comme s'il avait seulement voulu mettre en avant son côté comique, plaisant. Cette dimension est bien réelle, et l'on ne doit pas se laisser abuser par sa posture qui mêle modestie d'usage et jeu de fausses pistes avec les lecteurs.

Enfin, *Micromégas* est aussi inspiré des récits de voyage, dont le voyage imaginaire est une variété. Voltaire exploite les ressources de l'un et l'autre et les met au service d'un questionnement à la fois savant et philosophique.

1.

Un conte philosophique
et un bref roman de voyage

Les sept chapitres qui composent *Micromégas* nous font suivre le géant éponyme de Sirius, sa planète d'origine, jusqu'à Saturne, puis de Saturne jusqu'à la Terre, pour terminer avec la «Conversation avec les hommes», point d'orgue du récit.

1. *Les vertus de l'étonnement*

Avant que les Saturniens ne se soient familiarisés avec Micromégas, ce dernier les a «étonnés» (chapitre 1). Plus loin, le lecteur apprend que le Sirien «étonna prodigieusement le philosophe de Saturne» (chapitre 2) qu'il venait de rencontrer. Enfin, le narrateur souligne que «l'étonnement des voyageurs [Micromégas et son compagnon saturnien] redoublait à chaque instant » (chapitre 6) quand ils découvrent que les minuscules humains, qu'ils prennent pour des « mites », parlent et se révèlent dotés d'intelligence. L'étonnement est donc la réaction qui caractérise le moment de la rencontre et de la découverte. C'est aussi une forme de vertu, au sens où celui qui sait s'étonner se montre disponible à la nouveauté, à ce qui peut bousculer ses idées reçues.

Le verbe « étonner », qui peut signifier « surprendre », mais aussi « ébranler », est une zone de contact entre le conte philosophique et le roman de voyage. Tous deux procèdent de l'étonnement puisqu'un savoir ou un monde nouveaux sont offerts aux personnages et au lecteur. Mais surtout, il désigne un mécanisme à double effet : la surprise s'accompagne d'une mise en cause de ce que l'on sait ou croit savoir. L'étonnement caractérise donc celui qui découvre un savoir nouveau et se défait de ses illusions.

2. *Le voyage d'un philosophe*

Micromégas, auteur d'un ouvrage sur les insectes, est un savant désireux d'arpenter l'univers et n'est donc que « médiocrement affligé d'être banni » (chapitre 1) de sa cour. Dans le chapitre 2, il affirme : « je veux qu'on m'instruise ». C'est pourquoi il s'est mis « à voyager de planète en planète pour achever de se former *l'esprit et le cœur* » (chapitre 1), même si le *cœur* est quant à lui entièrement négligé par le conte, puisque Micromégas ne fait la rencontre d'aucune femme et que son voyage est tourné exclusivement vers la formation de l'*esprit*.

L'opération de croisement des différentes formes

d'écrits — le conte, le discours à teneur philosophique, le voyage merveilleux — se trouve à la fin
du chapitre 3 :

> Ils passèrent sur la queue de la comète et, trouvant
> une aurore boréale toute prête, ils se mirent
> dedans, et arrivèrent à terre sur le bord septentrio-
> nal de la mer Baltique, le cinq juillet mil sept cent
> trente-sept, nouveau style.

Voltaire introduit un événement réel, une date
identifiable par les lecteurs contemporains du conte,
mais pas n'importe laquelle : celle du naufrage du
navire de Maupertuis — que Voltaire n'appréciait
guère — dans le golfe de Botnie. Fait donc irruption,
en pleine fantaisie philosophique, une référence
temporelle assortie d'une référence à un événement
qui frappa les esprits à l'époque. Le lecteur est rap-
pelé à l'ordre : il doit connecter le récit à la réalité
extratextuelle et non se contenter de lire le conte
en surface, comme une simple fantaisie.

Cette volonté d'interroger le réel se fonde sur le
Traité de métaphysique (1734) que Voltaire compose
en s'inspirant de l'*Essai sur l'entendement humain* de
Locke, traduit en français dès 1700. Voltaire s'ef-
force d'y saisir ce qu'est l'homme. Or pour éviter
d'adopter un point de vue particulier et de parasiter
sa réflexion avec des considérations subjectives, il
développe l'idée selon laquelle il faut prendre de la
distance, du champ, de la hauteur :

> Je voudrais dans la recherche de l'homme me
> conduire comme je fais dans l'étude de l'astrono-
> mie : ma pensée se transporte quelquefois hors du
> globe de la terre, de dessus laquelle tous les mou-
> vements célestes paraîtraient irréguliers et confus.
> [...] De même, je vais tâcher, en étudiant l'homme,

> de me mettre d'abord hors de sa sphère, et hors
> d'intérêt, et de me défaire de tous les préjugés
> d'éducation, de patrie, et surtout des préjugés de
> philosophie.
> Je suppose, par exemple, que, né avec la faculté
> de penser et de sentir que j'ai présentement, et
> n'ayant point la forme humaine, je descends du
> globe de Mars ou de Jupiter. Je peux porter une
> vue rapide sur tous les siècles, tous les pays, et par
> conséquent, sur toutes les sottises de ce petit globe.
>
> (*Traité de métaphysique*, dans *Mélanges*,
> Gallimard, «Bibliothèque de la Pléiade»)

De ce point de vue, *Micromégas* illustre la méthode
d'appréhension de l'homme, et ses résultats. Alors
que l'homme possède une nature exceptionnelle
selon la religion chrétienne, Voltaire le débarrasse
de cette singularité pour le replacer dans une chaîne
infinie et encore inconnue d'êtres à travers l'univers.

3. *« Un livre tout blanc »*

Dans les dernières lignes du récit, le Sirien offre
aux humains un livre «tout blanc» :

> Le Sirien reprit les petites mites ; il leur parla encore
> avec beaucoup de bonté, quoiqu'il fût un peu fâché
> dans le fond du cœur de voir que les infiniment
> petits eussent un orgueil presque infiniment grand.
> Il leur promit de leur faire un beau livre de phi-
> losophie écrit fort menu pour leur usage, et que
> dans ce livre ils verraient le bout des choses. Effec-
> tivement, il leur donna ce volume avant son départ :
> on le porta à Paris, à l'Académie des sciences ; mais,
> quand le vieux secrétaire l'eut ouvert, il ne vit
> rien qu'un livre tout blanc : *Ah !* dit-il, *je m'en étais
> bien douté.*

Ces lignes énigmatiques laissent au lecteur une impression étrange, faite d'étonnement, de mystère et d'insatisfaction. Le héros du conte quitte la terre en offrant un ouvrage qui reste à écrire. Comment comprendre ce message laissé par le géant ?

L'hypothèse la plus vraisemblable est que la vérité, « le bout des choses » qu'il annonce en donnant son volume, n'existe pas en tant que telle, qu'elle est toujours à rechercher et réinventer, qu'elle n'est pas stable et que la raison doit sans cesse l'interroger pour la renouveler. Ce don est une manière de ramener les hommes à plus de modestie, quand Micromégas vient d'éprouver leur « orgueil presque infiniment grand ». Si le secrétaire de l'Académie qui ouvre le livre est bien Fontenelle en s'écriant « Ah ! [...] je m'en étais bien douté », on doit y voir un éloge du vieux savant : son pressentiment montre qu'il possède la modestie que n'a pas la majorité des humains. Ce n'est d'ailleurs sans doute pas un hasard si le verbe « douter » conclut le conte. Voltaire ne plaide pas, comme Descartes le fait, pour un doute hyperbolique, mais il considère l'attitude sceptique et modeste comme celle qui permet de faire avancer la raison.

2.

Les détours du comique et du merveilleux : le miel et l'absinthe

On a déjà souligné que la dimension comique des contes de Voltaire est supposée inviter le lecteur à une forme d'examen de conscience qui le conduit à renouveler sa pensée, jusqu'à se défaire de ses superstitions. En effet, la satire, la parodie, ou encore le narrateur lui-même, rendent risibles des travers, des croyances ou des convictions de telle sorte que le lecteur doit les mettre en perspective, les interroger afin de modifier son rapport au monde.

Lucrèce, dans le *De rerum natura* (*De la nature*) affirme qu'il imprègne de poésie tout le savoir qu'il diffuse à ses lecteurs. Il s'agit, explique-t-il, comme on le fait pour les enfants malades, de faire passer une médication au moyen de miel :

> Quand les médecins veulent donner aux enfants
> l'absinthe rebutante, auparavant ils enduisent
> les bords de la coupe d'un miel doux et blond
> pour que cet âge étourdi, tout au plaisir des lèvres,
> avale en même temps l'amère gorgée d'absinthe
> et, loin d'être perdu par cette duperie,
> se recrée au contraire une bonne santé.
>
> (trad. J. Kany-Turpin, Auber, 1993)

Comparable à un enfant qui ne veut pas faire l'effort d'ingérer une substance au goût déplaisant, le lecteur de Voltaire a besoin que le savoir amer que ce dernier lui apporte soit enveloppé, aménagé. Le comique est le miel du savoir et des questionnements suscités par l'auteur de *Micromégas*, l'absinthe que le philosophe des Lumières aspire sans doute à diffuser le plus largement.

1. *La veine satirique*

L'anthropocentrisme et l'orgueil sont deux des principales cibles de Voltaire. Il présente la Terre

comme un « tas de boue » (chapitres 1 et 7) : c'est
un « petit globe » (chapitre 2) où les hommes « rampent » et où la mer Méditerranée est une « mare »
(chapitre 4). Il ramène les réalités humaines à
des dimensions infimes au regard du reste de l'univers. Pour le philosophe, les savoirs humains, au
XVIIIe siècle, n'en sont qu'à leurs balbutiements,
ce qui implique deux conséquences : la nécessité de
manifester de la prudence et de la modestie dans ses
affirmations, et celle de ne pas recourir à des expé-
dients tels que des superstitions religieuses pour
expliquer ce qui ne peut pas l'être en l'état actuel
des sciences. Il règne sur terre « un peu de confusion » (chapitre 4) alors que tout est coupé « au
cordeau » sur Saturne. Enfin, l'homme est un « animal », un insecte, une mite, sous la lunette de
Micromégas, qui ne sait pas, d'abord, si cet animal
est doté du langage. L'orgueil des hommes est ainsi
rabattu : nous ne connaissons que trois couleurs
primaires quand le Sirien dit avoir sur sa planète
« trente-neuf couleurs primitives » (chapitre 2). Sous
couvert de la fantaisie, Voltaire suggère que d'autres
mondes sont possibles. Toutes les certitudes, ainsi
ridiculisées, semblent alors artificielles et fausses : si
le lecteur est disposé à entendre le discours du philosophe, il modifiera son savoir et son rapport au
monde en prenant une vraie leçon de modestie et
de relativité.

L'autre victime du registre satirique de Voltaire
est la compagnie des Jésuites, chez qui il a étudié à
partir de 1704. En 1772, il écrit à leur propos, dans
les *Questions à propos de l'Encyclopédie par des amateurs* :

> C'était une chose incroyable que leur mépris
> pour toutes les universités dont ils n'étaient pas,

> pour tous les livres qu'ils n'avaient pas faits, pour
> tout ecclésiastique qui n'était pas *un homme de qua-*
> *lité*; c'est de quoi j'ai été témoin cent fois.

Dans le conte, les Jésuites sont d'emblée visés : élève chez eux, Micromégas déplaît au Muphti, « grand vétillard fort ignorant », « qui fit condamner le livre [qu'il avait écrit sur les insectes] par des jurisconsultes qui ne l'avaient pas lu » (chapitre 1). L'absurde est à son comble : on comprend mal comment un ouvrage sur les puces et les colimaçons pourrait être hérétique, en particulier aux yeux de juges qui ne l'ont pas ouvert. Par cette anecdote supposée relater la jeunesse de son héros, Voltaire conteste le pouvoir censorial de l'Église, l'arbitraire qui règne sur la censure elle-même.

Ultime objet de la satire des comportements humains : la guerre. Voltaire la juge effroyablement meurtrière, insensée et injustifiable. L'une des principales piques satiriques contre la guerre se trouve dans le chapitre 7, quand les scientifiques rétorquent à Micromégas — qui croit avoir trouvé sur terre le « vrai bonheur » — qu'à l'heure où ils lui parlent « il y a cent mille fous de notre espèce, couverts de chapeaux, qui tuent cent mille autre animaux couverts d'un turban, ou qui sont massacrés par eux ». L'allusion à la guerre russo-turque (1736-1739) est claire. Mais c'est dans le décalage que réside la satire : les « fous de notre espèce » ne se distinguent les uns des autres que par leur couvre-chef, la réciprocité des massacres indiquant que les guerres ne résolvent pas les conflits, et, enfin, la métaphore des « animaux » suggère incompréhension et mépris.

2. *La veine parodique*

La parodie est une autre arme comique employée par Voltaire. Ce mot désigne une imitation à visée satirique qui tend à détourner, dans un dessein comique, les intentions de l'objet parodié, que ce soit un texte, une image, un comportement.

Après avoir renoncé à s'arrêter sur la planète Mars, jugée trop petite, les personnages «passèrent leur chemin, comme deux voyageurs qui dédaignent un mauvais cabaret de village et poussent jusqu'à la ville voisine. Mais le Sirien et son compagnon se repentirent bientôt. Ils allèrent longtemps, et ne trouvèrent rien. Enfin ils aperçurent une petite lueur; c'était la terre : cela fit pitié à des gens qui venaient de Jupiter».

Voyageurs en quête d'une taverne, les personnages renoncent à Mars parce qu'elle est trop petite, et la Terre forme une «petite lueur» dans le cosmos, comme l'enseigne lointaine d'une auberge où ils pourraient s'arrêter. Ils ne décident donc de faire une pause sur terre que par dépit et pour éviter de voyager plus longuement sans s'arrêter. La Terre est dévaluée par cette comparaison des «deux voyageurs» : loin d'être le centre du monde ou l'objectif du voyage, elle n'est qu'un arrêt obligé auquel il faut se résoudre, tout en ressentant de la pitié. Manière cocasse de relativiser l'importance de cette planète dans l'univers, le récit de voyage prend une ampleur inattendue et comique.

3. *Le narrateur*

Le narrateur, facétieux, est omniscient et omni-
potent, c'est-à-dire qu'il sait tout et peut relater des
conversations ou des événements auxquels il n'a pas
assisté, mais aussi qu'il régit la narration comme
bon lui semble : « mais revenons à nos voyageurs »,
dit-il au début du chapitre 3, rappelant que c'est lui
qui décide de se focaliser sur tel ou tel épisode. Par
ailleurs, il s'adresse régulièrement de manière directe
et orale au lecteur. Il crée ainsi avec ce dernier une
feinte relation d'interlocution qui se démarque du
ton sérieux adopté dans les traités de science ou de
philosophie. Si le narrateur n'est pas identifiable à
Voltaire lui-même, il n'en demeure pas moins qu'il
prend à son compte un certain nombre d'idées et
opinions de l'auteur. Par exemple, après avoir émis
l'hypothèse que puisse exister « une substance [c'est-
à-dire : un être vivant] qui pourrait tenir la terre
dans sa main, et qui aurait les organes en proportions des nôtres » (chapitre 5), manière de souligner
combien les hommes sont « infiniment petits » à
l'échelle de l'univers, il affirme :

> Je ne doute pas que si quelque capitaine des grands
> grenadiers lit jamais cet ouvrage, il ne hausse
> de deux grands pieds au moins les bonnets de sa
> troupe ; mais je l'avertis qu'il aura beau faire, et que
> lui et les siens ne seront jamais que des infiniment
> petits.

Voltaire s'en prend aux soldats, qui pourraient
croire cacher leurs minuscules dimensions en aug-
mentant la taille de leur couvre-chef. Sous le pré-
texte d'un bref paragraphe inséré dans la narration,
c'est aussi la guerre qui est condamnée : les conflits

humains, quelles qu'en soient les raisons, sont réduits à des faits et des motivations ridiculement dérisoires, et donc injustifiables vu leurs conséquences humaines désastreuses, à l'échelle de l'univers.

L'omniscience du narrateur se traduit aussi par certaines appellations, qui reflètent à la fois son opinion et celle des personnages dont il adopte fugacement le regard. Quoique gigantesque, l'habitant de Saturne est appelé le « nain de Saturne » ; il a du mal à suivre Micromégas et ses serviteurs, d'où cette adresse au lecteur : « figurez-vous (s'il est permis de faire de telles comparaisons) un très petit chien de manchon qui suivrait un capitaine des gardes du roi de Prusse » (chapitre 4). *Micromégas* propose une allée et venue renouvelée entre le point de vue des personnages et les interventions du narrateur, ce qui confère à la narration une certaine vivacité comique. En effet, le lecteur est comme plongé insensiblement dans des points de vue qui ne sauraient être les siens.

3.

Les voyages forment… les lecteurs

Si Voltaire n'ignore pas les récits et romans de voyageurs, il semble surtout trouver une inspiration du côté des voyages imaginaires tels que l'*Histoire comique des États et empires de la lune* de Cyrano de Bergerac et les *Voyages de Gulliver* de Jonathan Swift (1726), mais aussi *L'Homme sur la lune* (1638) de Francis Godwin. À ces trois œuvres importantes, se joignent les *Entretiens sur la pluralité des mondes* de Fontenelle (1686), mais aussi tout un ensemble de textes moins connus comme le *Caléjava* (1700) de Gilbert, les *Voyages et aventures de Jacques Massé* (1710), *Gomgam ou l'Homme prodigieux, transporté dans les airs, sur la terre et sous les eaux* (1711) de Bordelon. Il existe donc, au cours du XVIIIᵉ siècle, un goût partagé par les auteurs et les lecteurs pour des textes dépaysants — tant sur le plan géographique et imaginaire que scientifique.

Chez Cyrano de Bergerac, un terrien se rend sur la Lune grâce à une machine à voler de sa fabrication et y découvre un monde dont le fonctionnement est radicalement opposé à celui dans lequel il vit. Chez Swift, Gulliver voyage et se rend dans les pays de Lilliput, de Broddingnag, ou encore sur l'île volante de Laputa. Comme ses prédécesseurs, Voltaire recourt à des procédés propres au récit de voyage mais les détourne partiellement ; les codes du récit de voyages, comme on l'a vu avec la recherche d'une auberge, sont soumis à une exigence prégnante : questionner le lecteur, voire lui enseigner de nouvelles conceptions. En cela, puisque le personnage central va de découverte en découverte et fait sans cesse des expériences nouvelles, *Micromégas* est un roman d'apprentissage fondé sur le voyage. Mais au lieu d'envoyer des hommes dans des mondes fantastiques, comme le font Cyrano, Swift ou Pierre Boulle, ce sont des êtres fabuleux qui débarquent sur la Terre. L'homme devient objet d'analyse immédiate, entre les mains des géants voyageurs : Voltaire fait venir sur terre Micromégas et le Saturnien, prouvant en quelque sorte que le relativisme est accessible aux hommes. Si les voyages littéraires donnent à réfléchir par le dépaysement qu'ils provoquent, c'est sans doute parce qu'ils suspendent momentanément notre capacité critique — puisque nous acceptons, en tant que lecteurs, de croire à des choses incroyables —, afin de nous donner ensuite à réfléchir.

Si l'on peut deviner certaines des intentions de Voltaire quand il publia *Micromégas*, si l'on peut envisager quels types d'effets il voulait provoquer chez son lecteur, le conte n'en demeure pas moins, en termes de genre littéraire, relativement énigmatique, à l'image du livre blanc qui le clôt. *Micromégas* se nomme «conte» par commodité : il est en réalité un mélange de conte, de roman, d'épisodes merveilleux qui rappellent l'épopée, de réflexion scientifique, et sûrement bien davantage. Ce récit invente ses propres lois, son propre mode de fonctionnement.

Pour prolonger la réflexion

Jacques Barchilon, *Le Conte merveilleux en France de 1690 à 1790. Cent ans de féerie et de poésie ignorées de l'histoire littéraire*, Champion, 1975.

Sylvain Menant, *L'Esthétique de Voltaire*, SEDES, «Esthétique», 1995.

Jacques Van den Heuvel, notice de *Micromégas* dans *Voltaire, Romans et contes*, Gallimard, coll. «Bibliothèque de la Pléiade», 1979.

L'écrivain
à sa table de travail

Éléments pour une histoire
de la publication de *Micromégas*

VOLTAIRE A 57 ANS quand est imprimé *Micro-mégas*. Ses récits en prose ne sont publiés sous le titre *Recueil de romans* qu'en 1764, à son insu. Il laisse paraître les contes soit dans des *Mélanges philoso-phiques* soit dans des *Mélanges littéraires,* manière de les fondre discrètement dans son œuvre. En effet, Voltaire n'aime ni les romans ni les romanciers, et ne souhaite pas passer pour l'un d'entre eux. Il semble aussi qu'il ne se soit pas vraiment interrogé sur le statut générique de ses contes : s'agit-il de contes, de romans courts, d'essais philosophiques ? Comment trancher ? Les éléments fiables de l'his-toire de la publication de *Micromégas* offrent-ils des réponses à ces questions ?

1.

Une genèse mal connue

1. *Une fantaisie d'origine incertaine*

Le ou sans doute plutôt les manuscrits originaux, où Voltaire a consigné son texte, ont été perdus. On a donc peu d'informations sur la genèse de *Micro-mégas* et l'on ne sait rien de ce qu'il a ajouté ou supprimé à mesure qu'il travaillait sur son conte. Il existe en revanche un certain nombre d'éléments qui permettent de reconstituer, de manière assez lâche, une histoire de la rédaction de *Micromégas* — qui prit d'abord pour titre, sans doute dans une forme très différente de celle que nous connaissons, *Le Voyage du baron de Gangan*, texte aujourd'hui perdu.

Dans une lettre d'avril 1739 adressée à Frédéric II, Voltaire écrit : « Je travaille à finir un ouvrage que j'aurai l'honneur d'envoyer à votre altesse royale dès que j'aurai reposé ma tête. » Il s'agit du *Voyage du baron de Gangan*. Le *Voyage* a probablement été rédigé au moment de la guerre entre la Russie et la Turquie (1736-1739), dont il est d'ailleurs furtivement question dans *Micromégas*, trace de la première version du conte.

Une lettre de Frédéric II à Voltaire, datée du 7 juillet 1739, nous apprend la réception qu'il a faite du texte :

> Mon cher ami, j'ai reçu l'ingénieux *Voyage du baron de Gangan* […] ; il m'a beaucoup amusé, ce voyageur céleste ; et j'ai remarqué en lui quelque satire et quelque malice qui lui donne beaucoup de ressemblance avec les habitants de notre globe, mais qu'il ménage si bien, qu'on voit en lui un jugement plus mûr et une imagination plus vive qu'en tout autre être pensant.

Le « voyageur céleste », la satire et la malice, tout indique dans cet extrait de lettre que Voltaire a pu transformer *Gangan* en *Micromégas*. D'ailleurs, *Zadig* s'est d'abord intitulé *Memnon*, ce qui indique que

Voltaire s'autorise sans doute à reprendre ses textes pour leur donner une tournure toujours plus conforme à ce qu'il souhaite exprimer et publier. Dans leurs *Mémoires sur Voltaire*, Sébastien Longchamp et Jean-Louis Wagnières, qui furent les secrétaires de l'auteur, rapportent que «quelquefois après le repas il lisait un conte ou un petit roman qu'il avait écrit exprès dans la journée pour la [la duchesse du Maine, chez qui l'auteur a vécu un moment] divertir. C'est ainsi que furent composés *Babouc, Memnon, Scarmentado, Micromégas, Zadig*, dont il faisait chaque jour quelques chapitres».

Gangan serait devenu *Micromégas* en 1750. C'est à ce moment que Voltaire démarque son conte de la tradition des contes comiques et parodiques à laquelle il était attaché, sans que cela interdise des éléments de satire, pour lui faire investir définitivement l'espace critique et philosophique. Le seul changement de nom du personnage central est extrêmement significatif. On passe d'un nom plaisant, dont les sonorités semblent presque ridicules, à un nom d'origine savante, nécessitant un rapide détour par le grec. La fantaisie laisse place à des ambitions plus clairement philosophiques, pour aborder les questions du relativisme, de la défense des théories de Newton sur l'attraction universelle. Cela implique, on l'imagine, un grand travail de réécriture, de redistribution de la matière du conte, voire une refonte complète.

2. *Une longue gestation*

La gestation de *Micromégas* a dû être longue, contrairement à ce que laissent entendre Longchamp et Wagnières, pour qui Voltaire aurait produit chaque jour de nouveaux textes, dans une espèce de facilité d'invention qui ferait oublier le travail de l'écrivain. La correspondance de Voltaire permet de saisir quelques informations. Ainsi, par exemple, une lettre de février 1751 nous apprend qu'il avait décidé de faire imprimer son texte avant 1750, et que l'imprimeur Lambert en possédait un manuscrit dès le début de 1751. Surtout, une lettre adressée à Gottfried Christian Freisleben, traducteur de *Micromégas*, le 15 juillet 1752, permet de justifier les hypothèses concernant l'origine du conte :

> Le *Micromégas* que vous avez embelli est une bagatelle faite il y a environ quinze ans, qu'on s'est avisé d'imprimer l'année passée. Ce badinage vaut du moins au public une préface de votre façon où il y a plus de véritable philosophie qu'il n'y a de plaisanterie dans mon ouvrage.

Si le texte que le traducteur allemand s'apprête à faire paraître a été composé « il y a environ quinze ans », il date donc bien, approximativement, de 1737, c'est-à-dire de la période de la guerre russo-turque, mais aussi de la rédaction supposée du *Voyage du baron de Gangan*.

Reste que l'expression : « barbares sédentaires », qui vise explicitement les monarques qui envoient leurs peuples à la guerre, pose toutefois une difficulté. Voltaire a-t-il osé adresser son texte sous la forme que nous connaissons à Frédéric II en avril 1739 ? Le texte imprimé est-il différent de celui qu'il avait envoyé en Prusse sous forme manuscrite ? À moins qu'il ait adressé au monarque une version très ancienne de *Micromégas*, qui était alors le *Voyage* ? On ne pourra sans doute jamais répondre à ces questions. Elles révèlent la longue histoire de ce bref récit, la complexité de la rédaction et les difficultés de publication.

2.

Un changement de statut

S'il est impossible de retrouver l'ensemble des motivations qui l'ont animé, on peut peut-être essayer de comprendre la place de *Micromégas* dans l'œuvre et la carrière de Voltaire.

Polygraphe, il publie en 1751, dans ses *Œuvres*, les *Idées de la Mothe le Vayer*, le *Dialogue entre un plaideur et un avocat*, le *Dialogue entre Mme de Maintenon et Mlle de Lenclos* et le *Dialogue entre un philosophe et un contrôleur général des finances*. En 1752, il fait paraître, outre notre conte en version séparée, un *Éloge historique de madame la marquise du Châtelet*, les *Pensées sur le gouvernement*, la *Défense de milord Bolingbroke par le docteur Goodnatur'd Wellwisher chapelain du comte de Chesterfield* et *Le Siècle de Louis XIV*. Cette impressionnante liste de publications indique l'activité débordante de Voltaire, la pluralité de ses intérêts et son souci d'être sur tous les fronts de l'activité intellectuelle de son temps. Facéties, analyses philosophiques ainsi que réflexions politiques et historiques sont donc strictement contemporaines de *Micromégas* — sans compter l'ensemble des textes qu'il a composés depuis 1737, date présumée de la première version du conte.

Ce qui est frappant, c'est que la première version du conte a connu sans doute de nombreuses modifications. On l'a dit, Voltaire a remplacé *Le Voyage du baron de Gangan* par *Micromégas*. Le seul changement de titre, qui entraîne celui du nom du héros, traduit la portée de ce geste. En effet, alors que le récit semble avoir d'abord été dédié à la duchesse du Maine, il a ensuite été adressé au roi Frédéric II. On est passé d'une entreprise de divertissement mondain à un texte de combat, loin de la «fadaise philosophique» (lettre à Frédéric II, juin 1739).

L'empirisme de Locke, selon lequel l'œil de la raison devient l'outil primordial pour appréhender le monde à juste distance et progressivement, les progrès des recherches dans le domaine de l'astronomie, mais aussi l'influence de Newton, ont nourri la réflexion de Voltaire et l'ont mené à la rédaction de *Micromégas*, bien loin sans doute de la version initiale du *Voyage du baron de Gangan*. En effet, son personnage central incarne et défend, dans le domaine de la fiction merveilleuse, la rencontre des méthodes du savant anglais et des avancées dans le domaine cosmographique. Presque simultanément, Maupertuis en Laponie et La Condamine au Pérou ont essayé de mesurer un degré du méridien. Il s'agissait de vérifier les hypothèses de Newton selon lesquelles, en vertu de la théorie de la gravitation, la terre devait être légèrement aplatie aux pôles. D'une certaine façon, l'actualité de l'auteur et celle de ses contemporains se rencontrent et trouvent dans le creuset du conte — tel que se l'approprie Voltaire — un espace de réalisation.

3.

Un succès public immédiat

M*icromégas* a connu une sorte de première publication quand, sous la forme manuscrite, il a
été diffusé par Voltaire, à la duchesse du Maine
ou bien à Frédéric II, dès la fin des années 1730.
La première publication imprimée de *Micromégas*
remonte à 1751, dans les *Œuvres* de Voltaire, aux
Éditions Lambert et Mercier. Mais sa diffusion élar-
gie a débuté en 1751, juste avant un tirage à part du
texte, en 1752, à Londres : *Micromégas, Histoire philosophique.*

Immédiatement, cette version est piratée. Puis
apparaît une édition en allemand, en juillet 1752,
alors qu'une édition française était sortie en avril seulement. Le conte est traduit en anglais en novembre
1752, sous le titre *Micromegas, a comic romance. Being
a severe satire upon the philosophy, ignorance, and self-
conceit of mankind…* (*Micromégas, roman comique. Une
satire sévère de la philosophie, de l'ignorance, et de la vanité
humaine…*), puis en danois la même année, et en
hollandais l'année suivante. On ne saurait détailler
l'ensemble des éditions européennes de *Micromégas*
au cours des années suivant la première impression,
tant elles sont nombreuses : ce texte a connu un succès immédiat et de dimension internationale. Que
cela tienne à la popularité de Voltaire ou à l'intérêt réel que suscite son texte, ce dernier s'impose
comme un *best-seller* pour la communauté des lettrés
européens dès les années 1750. Sa brièveté, la fusion
du sérieux et du comique, des sciences et du mer-

veilleux, sa fin énigmatique, tout concourt à en faire un texte à succès.

Il est remarquable que la notion de propriété intellectuelle, comme elle existe aujourd'hui, avec les lois destinées à protéger les auteurs d'œuvres intellectuelles ou artistiques, ne soit pas la même pour Voltaire et ses contemporains. Si les livres sont bien supposés par leur vente rémunérer les écrivains, il n'en demeure pas moins que des imprimeurs ou éditeurs peu scrupuleux exploitent sans mal des ouvrages en les publiant sans en référer à leurs auteurs — Voltaire est ainsi en procès en 1736 avec un imprimeur clandestin, Jore, qui a fait paraître sans autorisation les *Lettres philosophiques*. Des détracteurs de Voltaire affirment que sa richesse vient de ce qu'il vend et revend aux libraires-imprimeurs les mêmes textes sous des formes légèrement différentes : or on sait qu'il préfère même parfois renoncer à ses droits d'auteur ou au fruit de la vente de ses manuscrits. On peut imaginer que la diffusion de *Micromégas*, même si elle n'est pas contrôlée par Voltaire, est tout de même pour lui une source de satisfaction : la publication n'est pas seulement le passage du manuscrit à l'imprimé, mais bien le processus par lequel un texte est offert à un public — restreint en ce qui concerne le manuscrit, plus large pour l'imprimé.

Pour prolonger la réflexion

Pierre CAMBOU, *Le Traitement voltairien du conte*, Champion, coll. «Les dix-huitièmes siècles», 2000.

Jean GOLDZINK, *Voltaire*, Paris, Hachette, coll. «Portraits littéraires», 1994.

David W. Smith, « The Publication of *Micro-mégas* », *Studies on Voltaire and the Eighteenth Century*, The Voltaire Fondation, 1983.

Raymond Trousson, *Visages de Voltaire* (xviiie et xixe siècles), Champion, coll. « Les dix-huitièmes siècles », 2001.

Jacques Van den Heuvel, *Voltaire dans ses contes. De « Micromégas » à « L'Ingénu »* [1967], Genève, Slatkine reprints, 1998.

Groupement de textes

Voyage et *estrangement*

LE RÉCIT DE VOYAGE FICTIF, comme celui que fait Micromégas, n'a pas pour seule finalité de rendre compte de la découverte d'une nouvelle parcelle de l'univers. Il se caractérise plutôt par la sujétion des aventures des personnages à des interrogations ou des démonstrations d'ordre philosophique. Ces démonstrations ou interrogations ne sont pas pour autant sans lien avec le récit de voyage réel : le voyageur fictif et philosophe nous fait redécouvrir le monde dans lequel nous vivons, de sorte qu'on effectue, par le biais de la fiction, une découverte stupéfaite de notre réalité. Ces ouvrages aux formes diverses, aux points de vue différents ont en commun le dépaysement, voire ce que Montaigne appelait l'*estrangement*.

Michel de MONTAIGNE (1533-1592)

Essais (1580-1592)

(éd. Pierre Michel, Gallimard, Folio n° 289)

Dans le chapitre des Essais *intitulé « Des cannibales » (I, 31), Montaigne rapporte des récits qu'on lui a faits de*

la présence, des attitudes et propos d'un groupe d'indi-
gènes venus du Brésil. Ils incarnent à ses yeux une sorte
d'âge d'or de l'humanité ; il accorde donc beaucoup d'im-
portance à ce qu'ils disent de la société française. Voici la
fin du chapitre :

Trois d'entre eux, ignorant combien coûtera un
jour à leur repos et à leur bonheur la connaissance
des corruptions de deçà, et que de ce commerce
naîtra leur ruine, comme je présuppose qu'elle soit
déjà avancée, bien misérables de s'être laissé piper
au désir de la nouveauté, et avoir quitté la douceur
de leur ciel pour venir voir le nôtre, furent à Rouen,
du temps que le feu roi Charles neuvième y était.
Le Roi parla à eux longtemps ; on leur fit voir notre
façon, notre pompe, la forme d'une belle ville.
Après cela, quelqu'un en demanda leur avis, et voulut savoir d'eux ce qu'ils y avaient trouvé de plus
admirable ; ils répondirent trois choses, d'où[1] j'ai
perdu la troisième, et en suis bien marri[2] ; mais j'en
ai encore deux en mémoire. Ils dirent qu'ils trouvaient en premier lieu fort étrange que tant de
grands hommes, portant barbe, forts et armés, qui
étaient autour du Roi (il est vraisemblable qu'ils parlaient des Suisses de sa garde), se soumissent à obéir
à un enfant, et qu'on ne choisisse plutôt quelqu'un
d'entre eux pour commander ; secondement (ils ont
une façon de leur langage telle, qu'ils nomment les
hommes moitié les uns des autres) qu'ils avaient
aperçu qu'il y avait parmi nous des hommes pleins et
gorgés de toutes sortes de commodités, et que leurs
moitiés étaient mendiants à leurs portes, décharnés
de faim et de pauvreté ; et trouvaient étrange comme
ces moitiés ici nécessiteuses pouvaient souffrir[3] une
telle injustice, qu'ils ne prissent les autres à la gorge,
ou missent le feu à leurs maisons.

---

1. Dont.
2. Fâché, désolé.
3. Supporter.

Je parlai à l'un d'eux fort longtemps ; mais j'avais un truchement[1] qui me suivait si mal et qui était si empêché à recevoir mes imaginations par sa bêtise, que je n'en pus tirer guère de plaisir. Sur ce que je lui demandai quel fruit il recevait de la supériorité qu'il avait parmi les siens (car c'était un capitaine, et nos matelots le nommaient roi), il me dit que c'était marcher le premier à la guerre ; de combien d'hommes il était suivi, il me montra une espèce de lieu, pour signifier que c'était autant qu'il en pourrait en une telle espace, ce pouvait être quatre ou cinq mille hommes ; si, hors la guerre, toute son autorité était expirée, il dit qu'il lui en restait cela que, quand il visitait les villages qui dépendaient de lui, on lui dressait des sentiers au travers des haies de leurs bois, par où il pût passer bien à l'aise.

Tout cela ne va pas trop mal : mais quoi, ils ne portent point de hauts-de-chausses !

L'avis des Brésiliens prend une force inattendue : pour eux, rien de ce qu'ils voient ne va de soi. Bien au contraire, ils font part aux Français de leurs étonnements. En particulier, ils ne comprennent pas qu'un enfant, le jeune roi Charles IX, dirige des soldats bien armés qui devraient donc, selon eux, s'attribuer le pouvoir ; mais, surtout, ils se montrent stupéfaits par les inégalités entre les très riches et les très pauvres. Leur regard neuf débarrasse le réel de la patine des habitudes : ce que les Français ne voient plus, parce que c'est leur quotidien, les Brésiliens le leur montrent. Montaigne perçoit que ce point de vue décalé par rapport au sien le conduit à s'interroger sur le monde dans lequel il vit, sur son fonctionnement et sur son degré de justice, sur ses inégalités, politiques et économiques.

Celui qui est ingénu, candide, radicalement nouveau parce qu'il est étranger, pose le regard le plus perçant sur le monde qu'il visite. Corollaire de ce constat, celui qui, avec nos yeux, visite un univers radicalement différent du nôtre voit ses certitudes ébranlées, et les nôtres avec. Telle

---

1. Interprète.

*est l'expérience d'*estrangement *découverte par Montaigne et que les auteurs réunis ci-dessous font vivre à leurs personnages et à leurs lecteurs. Les tableaux qu'ils proposent, malgré la diversité des procédés, donnent du relief et des couleurs inédites à des phénomènes trop bien connus, à des vérités trop vite acceptées.*

Savinien de CYRANO DE BERGERAC
(1619-1655)
L'Autre Monde ou Les États et Empires de la Lune (1657)

(Gallimard, « Folio classique » nº 4110)

Dans Les États et Empires de la Lune, *le narrateur parvient sur la Lune et y découvre un monde déroutant. Il est emprisonné en compagnie d'un autre homme, originaire de Castille, que les habitants de ce monde prennent pour un singe, « à cause qu'ils habillent, par hasard, en ce pays-là, les singes à l'espagnole, et que l'ayant à son arrivée trouvé vêtu de cette façon, elle n'avait point douté qu'il ne fût de l'espèce ». Les habitants de la Lune débattent pour décider de la nature du narrateur : est-ce un animal ou un humain ?*

Cyrano de Bergerac renverse l'ordre de l'univers : les hommes, qui marchent sur deux jambes, passent pour brutes aux yeux de leurs hôtes qui marchent « à quatre pieds » ; ces derniers appellent la Terre leur lune et réfutent les meilleurs arguments du narrateur quand il essaie de les convaincre de sa nature humaine. Sous couvert d'un voyage fantastique, l'auteur déplace son narrateur dans un univers fictif où les valeurs et les croyances majoritairement partagées se retrouvent mises à mal.

Notre entretien n'était que la nuit, à cause que[1] depuis six heures du matin jusques au soir la grande

---

1. Forme archaïque de « parce que ».

foule de monde qui nous venait contempler à notre loge nous eût détournés ; d'aucuns nous jetaient des pierres, d'autres des noix, d'autres de l'herbe. Il n'était bruit que des bêtes du roi. On nous servait tous les jours à manger à nos heures, et le roi et la reine prenaient plaisir eux-mêmes assez souvent en la peine[1] de me tâter le ventre pour connaître si je n'emplissais point[2], car ils brûlaient d'une envie extraordinaire d'avoir de la race de ces petits animaux. Je ne sais si ce fut pour avoir été plus attentif que mon mâle à leurs simagrées et à leurs tons ; tant y a que j'appris à entendre leur langue et l'écorcher un peu. Aussitôt les nouvelles coururent par tout le royaume qu'on avait trouvé deux hommes sauvages, plus petits que les autres, à cause des mauvaises nourritures que la solitude nous avait fournies, et qui, par un défaut de la semence de leurs pères, n'avaient pas eu les jambes de devant assez fortes pour s'appuyer dessus.

Cette créance allait prendre racine à force de cheminer, sans les prêtres du pays qui s'y opposèrent, disant que c'était une impiété épouvantable de croire que non seulement des bêtes, mais des monstres fussent de leur espèce. « Il y aurait bien plus d'apparence, ajoutaient les moins passionnés, que nos animaux domestiques participassent au privilège de l'humanité et de l'immortalité par conséquent, à cause qu'ils sont nés dans notre pays, qu'une bête monstrueuse qui se dit née je ne sais où dans la Lune ; et puis considérez la différence qui se remarque entre nous et eux : nous autres, nous marchons à quatre pieds, parce que Dieu ne se voulut pas fier d'une chose si précieuse à une moins ferme assiette ; il eut peur qu'arrivât fortune de l'homme[3] ; c'est pourquoi il prit lui-même la

---

1. Le roi et la reine prenaient la peine.
2. Si je n'étais pas enceinte.
3. Qu'il arrivât malheur à l'homme.

peine de l'asseoir sur quatre piliers, afin qu'il ne pût tomber ; mais dédaigna de se mêler de la construction de ces deux brutes, il les abandonna au caprice de la Nature, laquelle, ne craignant pas la perte de si peu de chose, ne les appuya que sur deux pattes.

« Les oiseaux mêmes, disaient-ils, n'ont pas été si maltraités qu'elles, car au moins ils ont reçu des plumes pour subvenir à la faiblesse de leurs pieds, et se jeter en l'air quand nous les éconduirions de chez nous ; au lieu que la Nature en ôtant les deux pieds à ces monstres les a mis en état de ne pouvoir échapper à notre justice.

« Voyez un peu outre cela comment ils ont la tête tournée devers le ciel ! C'est la disette où Dieu les a mis de toutes choses qui les a situés de la sorte, car cette posture suppliante témoigne qu'ils cherchent au ciel pour se plaindre à Celui qui les a créés, et qu'ils Lui demandent permission de s'accommoder de nos restes. Mais nous autres nous avons la tête penchée en bas pour contempler les biens dont nous sommes seigneurs, et comme n'y ayant rien au ciel à qui[1] notre heureuse condition puisse porter envie. »

J'entendais tous les jours, à ma loge, les prêtres faire ces contes-là ou de semblables ; enfin ils bridèrent si bien la conscience des peuples sur cet article qu'il fut arrêté que je ne passerais tout au plus que pour un perroquet plumé ; ils confirmaient les persuadés sur ce que non plus qu'un oiseau je n'avais que deux pieds. On me mit donc en cage par ordre exprès du Conseil d'en haut[2].

Là tous les jours l'oiseleur de la reine prenait le soin de me venir siffler la langue comme on fait ici aux sansonnets, j'étais heureux à la vérité en ce que ma volière ne manquait point de mangeaille[3].

---

1. Lire : quoi.
2. Allusion à une institution de la monarchie française, le Conseil du roi, parfois aussi appelé « conseil d'en haut ».
3. Nourriture.

Cependant parmi les sornettes dont les regardants me rompaient les oreilles, j'appris à parler comme eux. Quand je fus assez rompu dans l'idiome[1] pour exprimer la plupart de mes conceptions, j'en contai des plus belles. Déjà les compagnies ne s'entretenaient plus que de la gentillesse de mes bons mots, et l'estime que l'on faisait de mon esprit vint jusques-là que le clergé fut contraint de faire publier un arrêt, par lequel on défendait de croire que j'eusse de la raison, avec un commandement très exprès à toutes personnes de quelque qualité et condition qu'elles fussent, de s'imaginer, quoi que je pusse faire de spirituel, que c'était l'instinct qui me le faisait faire.

Cependant la définition de ce que j'étais partagea la ville en deux factions. Le parti qui soutenait en ma faveur grossissait tous les jours. Enfin en dépit de l'anathème et de l'excommunication des prophètes qui tâchaient par là d'épouvanter le peuple, mes sectateurs demandèrent une assemblée des États[2], pour résoudre cet accroc de religion. On fut longtemps sur le choix de ceux qui opineraient[3] ; mais les arbitres pacifièrent l'animosité par le nombre des intéressés qu'ils égalèrent. On me porta tout brandi[4] dans la salle de justice où je fus sévèrement traité des examinateurs. Ils m'interrogèrent entre autres choses de philosophie : je leur exposai tout à la bonne foi[5] ce que jadis mon régent m'en avait appris, mais ils ne mirent guère à[6] me le réfuter par beaucoup de raisons très convaincantes à la vérité. Quand je me vis tout à fait convaincu, j'alléguai pour dernier refuge les prin-

---

1. Quand je parlais assez bien la langue.
2. Allusion aux états généraux, où se réunissaient des représentants de la noblesse, du clergé et du tiers état.
3. Donneraient leur opinion, jugeraient.
4. Vivement, avec force.
5. De bonne foi.
6. Il leur fallut peu de temps pour.

cipes d'Aristote qui ne me servirent pas davantage que ces sophismes[1]; car en deux mots ils m'en découvrirent la fausseté. «Aristote, me dirent-ils, accommodait des principes à sa philosophie, au lieu d'accommoder sa philosophie aux principes. Encore, ces principes, les devait-il prouver au moins plus raisonnables que ceux des autres sectes, ce qu'il n'a pu faire. C'est pourquoi le bon homme ne trouvera pas mauvais si nous lui baisons les mains. »

Jonathan SWIFT (1667-1745)

Voyages de Gulliver (1726)

(trad. par Émile Pons, revue par Jacques Pons, Gallimard, Folio n° 597)

Après un naufrage, le narrateur, qui est présenté comme l'auteur du livre, se retrouve sur les rivages du pays de Lilliput. Il est fait prisonnier par des êtres de six pouces de haut (environ 15 centimètres), les Lilliputiens — tout le contraire de Micromégas. Le ton de l'ouvrage est principalement satirique. Mais Swift brouille les cartes : son héros devient fou et perd la raison, se prenant même pour un cheval à la fin du récit. Dès lors, quel crédit accorder à ce qu'il rapporte ? Il semble que l'auteur soustraie son texte à une édification univoque du sens et qu'il privilégie l'ambivalence, l'incertitude. C'est dans cet état vacillant qu'il souhaite placer son lecteur. Dans le chapitre 6 de la première partie, il entreprend de présenter les mœurs et les lois en usage au royaume de Lilliput.

Il y a dans cet Empire des lois et des coutumes très singulières, et que je serais assez tenté de défendre

---

1. Raisonnements ou arguments faux mais qui semblent justes; ils impliquent souvent la mauvaise foi de l'énonciateur. Comprendre : «ne me servirent pas davantage que ne le font les sophismes ».

si elles n'étaient si directement contraires à celles de ma chère patrie. Les leurs sont en tous cas fort bien observées, ce qu'on pourrait souhaiter aux nôtres. La première que je mentionnerai est la loi sur les délateurs : tous les crimes contre l'État sont ici punis avec une extrême rigueur, mais si la personne mise en accusation peut au cours du procès prouver son innocence, alors l'accusateur est aussitôt ignominieusement mis à mort et ses biens ou propriétés servent à dédommager au quadruple l'innocent, pour le temps qu'il a perdu, pour le danger qu'il a couru, pour les rigueurs de sa captivité et pour les frais de sa défense. Si les biens confisqués sont insuffisants, la Couronne paye sans marchander le reste. De plus l'Empereur donne une marque publique de son estime à l'homme faussement accusé et fait proclamer son innocence dans toute la ville.

Ils tiennent l'escroquerie pour un crime plus grave que le vol, et la punissent presque toujours de mort, car, expliquent-ils, tout homme moyennement doué peut se défendre des voleurs, en prenant quelques précautions, tandis que l'honnêteté est désarmée devant un habile escroc ; or, la vente, l'achat, les affaires, toutes choses indispensables, ne se conçoivent que dans un climat de confiance. Si donc la fraude est permise ou tolérée, ou impossible à punir, c'est toujours l'honnête homme qui se trouvera pris, et le coquin qui aura l'avantage. Je me rappelle avoir une fois intercédé auprès du Roi en faveur d'un criminel qui avait détourné une importante somme d'argent, appartenant à son maître, la touchant en son nom, et s'enfuyant avec. J'en vins à dire à Sa Majesté, pensant diminuer à ses yeux la gravité du crime, qu'il se réduisait à un abus de confiance — or, l'Empereur jugea monstrueux qu'on pût présenter comme circonstance atténuante la circonstance aggravante entre toutes. De fait il ne me vint pas d'autre réponse à l'esprit que le banal proverbe : autres lieux, autres mœurs, car, je l'avoue, j'étais couvert de honte.

Si l'étrangeté des usages lilliputiens est affirmée, elle n'en est pas moins, à la fin du passage, reconnue comme pleinement légitime : « à nations différentes, coutumes différentes » ; le narrateur en est même contrit, puisque son intervention auprès de l'empereur témoignait d'une forme d'« anglocentrisme » au lieu d'une tolérance compréhensive à l'égard d'autres manières de concevoir les choses.

On note surtout que, contre toute attente, Swift ne nous dépayse pas tout à fait. L'effroyable pratique de la délation n'empêche pas, à Lilliput, que soit réhabilitée la victime d'une calomnie. De même, l'effroyable pratique de la peine de mort est appliquée aux escrocs, afin de protéger une économie libérale de commerce. On ne comprend pas bien, alors, pourquoi l'« abus de confiance » décrit est assimilable à une escroquerie telle qu'il y en a dans le domaine de l'échange commercial. Doit-on aussi comprendre que toute prise de défense d'un individu jugé escroc est « monstrueuse » et en aggrave le forfait, et qu'il n'est pas souhaitable de défendre un accusé ?

Swift ne semble pas vouloir guider son lecteur : il lui laisse faire des choix d'interprétations. L'estrangement est des plus subtiles : loin de donner des réponses claires, de contester explicitement tel ou tel aspect de la civilisation d'appartenance du lecteur, il suggère simplement qu'il peut exister d'autres manières d'être et de faire…

MONTESQUIEU (1689-1755)

Lettres persanes (1721)

(Gallimard, Folioplus classiques n° 56)

Dans les Lettres persanes, *Montesquieu propose à son lecteur un dispositif déroutant. Il s'agit d'un échange épistolaire entre Usbek et Rica, Persans venus visiter Paris, et leurs compatriotes qu'ils informent de ce qu'ils découvrent tandis que ces derniers leur envoient des nouvelles de leur pays. En 1754, l'écrivain compose «Quelques réflexions sur les Lettres persanes». Il s'agit notamment de défendre l'ouvrage contre des critiques dévotes.*

Il y a quelques traits que bien des gens ont trouvés trop hardis. Mais ils sont priés de faire attention à la nature de cet ouvrage. Les Persans, qui devaient y jouer un si grand rôle, se trouvaient tout à coup transplantés en Europe, c'est-à-dire dans un autre univers. Il y avait un temps où il fallait nécessairement les représenter pleins d'ignorance et de préjugés. On n'était attentif qu'à faire voir la génération et le progrès de leurs idées. Leurs premières pensées devaient être singulières : il semblait qu'on n'avait rien à faire qu'à leur donner l'espèce de singularité qui peut compatir avec de l'esprit. On n'avait à peindre que le sentiment qu'ils avaient eu à chaque chose qui leur avait paru extraordinaire. Bien loin qu'on pensât à intéresser quelque principe de notre religion, on ne soupçonnait pas même d'imprudence. Ces traits se trouvent toujours liés avec le sentiment de surprise et d'étonnement, et point avec l'idée d'examen, et encore moins avec celle de critique. En parlant de notre religion, ces Persans ne devaient pas paraître plus instruits que lorsqu'ils parlaient de nos coutumes et de nos usages. Et, s'ils trouvent quelquefois nos dogmes singuliers, cette singularité est toujours marquée au coin de la parfaite ignorance des liaisons qu'il y a entre ces dogmes et nos autres vérités.

Si les Persans ont tenu dans les Lettres *des propos irrévérencieux à l'égard de l'Église et du dogme, cela tient, explique Montesquieu, à la naïveté qu'il avait souhaité leur conférer. Cette défense suggère surtout combien l'auteur a exploité de manière voulue la «transplantation» en Europe de ses personnages. Il s'agissait de mettre en relief la «singularité» des modes, des usages, des croyances, et par là leur relativité.*

LETTRE 30

RICA AU MÊME [Ibben]
À Smyrne

Les habitants de Paris sont d'une curiosité qui va jusqu'à l'extravagance. Lorsque j'arrivai, je fus regardé comme si j'avais été envoyé du ciel : vieillards, hommes, femmes, enfants, tous voulaient me voir. Si je sortais, tout le monde se mettait aux fenêtres ; si j'étais aux Tuileries, je voyais aussitôt un cercle se former autour de moi ; les femmes même faisaient un arc-en-ciel nuancé de mille couleurs, qui m'entourait ; si j'étais aux spectacles, je voyais aussitôt cent lorgnettes dressées contre ma figure : enfin, jamais homme n'a tant été vu que moi. Je souriais quelquefois d'entendre des gens qui n'étaient presque jamais sortis de leur chambre, qui disaient entre eux : « Il faut avouer qu'il a l'air bien Persan. » Chose admirable ! je trouvais de mes portraits partout ; je me voyais multiplié dans toutes les boutiques, sur toutes les cheminées, tant on craignait de ne m'avoir pas assez vu.

Tant d'honneurs ne laissent pas d'être à la charge[1] : je ne me croyais pas un homme si curieux et si rare ; et, quoique j'aie très bonne opinion de moi, je ne me serais jamais imaginé que je dusse troubler le repos d'une grande ville, où je n'étais point connu. Cela me fit résoudre à quitter l'habit persan, et à en endosser un à l'européenne, pour voir s'il resterait encore, dans ma physionomie, quelque chose d'admirable. Cet essai me fit connaître ce que je valais réellement. Libre de tous les ornements étrangers, je me vis apprécié au plus juste. J'eus sujet de me plaindre de mon tailleur, qui m'avait fait perdre, en un instant, l'attention et l'estime publique ; car

---

1. Tant d'honneurs me pesaient.

j'entrai tout à coup dans un néant affreux. Je demeu-
rais quelquefois une heure dans une compagnie,
sans qu'on m'eût regardé, et qu'on m'eût mis en
occasion d'ouvrir la bouche. Mais, si quelqu'un,
par hasard, apprenait à la compagnie que j'étais
Persan, j'entendais aussitôt autour de moi un bourdonnement : «Ah! ah! monsieur est Persan? C'est
une chose bien extraordinaire! Comment peut-on
être Persan?»

De Paris, le 6 de la lune de Chalval 1712.

Pierre BOULLE (1912-1994)
La Planète des singes (1963)
(Éditions Julliard)

*À bord d'un vaisseau spatial, le journaliste Ulysse
Mérou, le professeur Antelle et son disciple Arthur Levain
se posent sur une planète qui ressemble en beaucoup de
points à la Terre. Elle est habitée par des singes qui font
Mérou prisonnier, tandis que Levain est tué et le professeur enfermé dans une cage, au sein d'un parc zoologique
où les singes se promènent et regardent les animaux qu'on
y exhibe. Car sur Soror (sœur en latin), comme l'a baptisée
en débarquant le narrateur, les singes sont doués de
raison, parlent, pensent, s'habillent, ont des sentiments,
se divertissent et travaillent. On apprend, au fil du récit,
qu'ils ont imité la civilisation des humains, puis qu'ils s'y
sont substitués.*

*Peu à peu, au contact d'une guenon qui apprend le
français, Ulysse Mérou arrive à démontrer qu'il est doté
de raison, sait parler et réagir rationnellement au monde
qui l'entoure, au contraire des humains de Soror, qui
ne possèdent pas le langage et rappellent au lecteur ce que
sont les singes à nos yeux.*

Ce jour-là, son fiancé étant absent, Zira me proposa
d'aller voir le jardin zoologique attenant au parc.

J'aurais bien voulu assister à un spectacle ou visiter un musée, mais ces distractions m'étaient encore interdites. Dans les livres seulement, j'avais pu acquérir quelques notions sur les arts simiens. J'avais admiré des reproductions de tableaux classiques, portraits de singes célèbres, scènes champêtres, nus de guenons lascives autour desquelles voletait un petit singe ailé représentant l'Amour, peintures militaires datant de l'époque où il y avait encore des guerres, figurant de terribles gorilles revêtus d'uniformes chamarrés. Les singes avaient eu aussi leurs impressionnistes et quelques contemporains se haussaient à l'art abstrait. Tout cela, je l'avais découvert dans ma cage, à la lueur de ma lampe. Je ne pouvais décemment assister qu'à des spectacles en plein air. Zira m'avait emmené voir un jeu ressemblant à notre football, une rencontre de boxe, qui m'avait fait frémir, entre deux gorilles, et une réunion d'athlétisme, où des chimpanzés aériens s'élevaient au moyen d'une perche à une hauteur prodigieuse.

J'acceptai d'aller visiter le Zoo. Tout d'abord, je n'éprouvai aucune surprise. Les bêtes présentaient beaucoup d'analogies avec celles de la Terre. Il y avait des félins, des pachydermes, des ruminants, des reptiles et des oiseaux. Si je remarquai une espèce de chameau à trois bosses et un sanglier qui portait des cornes comme un chevreuil, cela ne pouvait en aucune façon m'émerveiller, après ce que j'avais vu sur la planète Soror.

Mon étonnement commença avec le quartier des hommes. Zira tenta de me dissuader d'en approcher, regrettant, je crois, de m'avoir amené là, mais ma curiosité était forte et je tirai sur ma laisse jusqu'à ce qu'elle cédât.

La première cage devant laquelle nous nous arrêtâmes contenait au moins une cinquantaine d'individus, hommes, femmes, enfants, exhibés là pour la plus grande joie des badauds singes. Ils faisaient

preuve d'une activité fébrile et désordonnée, gam-
badant, se bousculant, se donnant en spectacle, se
livrant à mille facéties.

C'était bien un spectacle. Il s'agissait pour eux de
s'attirer les bonnes grâces des petits singes qui
entouraient la cage, leur jetant de temps en temps
des fruits ou des morceaux de gâteaux qu'une
vieille guenon vendait à l'entrée du jardin. C'était à
celui des hommes, adultes aussi bien qu'enfants,
qui réussirait le meilleur tour — escalade des grilles,
marche à quatre pattes, marche sur les mains —
pour obtenir la récompense et, quand celle-ci tom-
bait au milieu d'un groupe, il y avait des bourrades,
des coups d'ongles et des cheveux arrachés ; le tout
ponctué de cris aigus d'animaux en colère.

Certains hommes, plus rassis[1], ne participaient pas
au tumulte. Ils se tenaient à l'écart, près des grilles
et, quand ils voyaient un bambin singe plonger les
doigts dans un sac, ils tendaient vers lui une main
implorante. Celui-ci, s'il était jeune, reculait souvent, effrayé ; mais ses parents ou amis plus âgés
se moquaient de lui, jusqu'à ce qu'il se décidât en
tremblant à donner la récompense de la main à
la main.

Cet extrait dévoile une partie des multiples lectures qui
peuvent être faites du roman de Pierre Boulle. Le scénario
de ce dernier, où les singes dominent la planète, semble
suggérer que la domination humaine sur la Terre pourrait
n'être qu'un accident heureux, et, de ce fait, appellerait à
une plus grande modestie à l'égard du reste du règne ani-
mal et de la planète elle-même. Mais le regard qu'Ulysse
Mérou porte sur la société des singes nous invite à y voir
les fonctionnements de nos propres sociétés. Après tout, en
1931, soit seulement trente-deux ans avant la rédaction
de La Planète des singes, *l'Exposition coloniale organisée*
à Paris avait exhibé au Jardin d'acclimatation un « vil-

---

1. Posés, sages.

lage canaque » que les visiteurs allèrent observer comme ils eussent pu le faire pour des animaux. N'y a-t-il donc pas, dans La Planète des singes, *une invitation à reconsidérer une partie de l'humanité parfois aussi maltraitée par les Occidentaux que le sont les humains par les singes dans le roman ?* L'estrangement *de la science-fiction permet donc un retour sur l'actualité de Pierre Boulle, mais aussi sur la place des hommes sur la Terre aujourd'hui.*

Pour prolonger la réflexion

Carlo GINZBURG, À Distance. *Neuf essais sur le point de vue en histoire*, Gallimard, coll. « Bibliothèque des histoires », 1998.

Edward SAÏD, *L'Orientalisme. L'Orient créé par l'Occident*, trad. par Catherine Malamoud, Le Seuil, 2005.

Chronologie

Voltaire et son temps

1.

Succès théâtraux et mondains : Voltaire poète et dramaturge

Né dans une famille bourgeoise le 21 novembre 1694 à Paris, François-Marie Arouet suit une scolarité brillante chez les Jésuites au collège Louis-le-Grand à partir de 1704, avant de faire des études de droit à partir de 1711. Dès 1705, il est introduit par son parrain, l'abbé de Châteauneuf, dans la société du Temple, société libertine qui le fait accéder à des salons mondains à Paris, où son esprit corrosif fait effet. Il rencontre notamment Ninon de Lenclos (1616-1706), femme de lettres réputée pour ses succès amoureux et qui lègue 1 000 francs au jeune Arouet pour qu'il puisse s'acheter des livres. Cette femme indépendante, philosophe, cultive l'amitié comme une chose sacrée, autant de qualités vénérées par Voltaire.

En 1712, il compose une ode, *Le Vœu de Louis XIII*, qui ne lui fait pas gagner le concours de l'Académie, mais marque ses débuts dans les salons littéraires.

L'année suivante, il fait scandale par son libertinage à Caen, où il séjourne, alors que son père tente de l'éloigner des cercles parisiens : madame d'Osseville, mondaine entichée de belles lettres qui lui avait ouvert sa porte, découvre avec horreur qu'il offense la religion dans ses écrits. Il cultive sa posture rebelle en écrivant une satire, *Le Bourbier du Parnasse*, et un pamphlet, sa *Lettre à M. D****. En 1717, il compose des vers satiriques — *Puero regnante* (*Sous le règne de l'enfant*) — contre le régent : il est emprisonné pour onze mois à la Bastille. Ces quelques informations donnent le ton de l'existence de l'homme de lettres qui, en 1717, n'a pas encore vingt-cinq ans ! Esprit fort, n'hésitant pas à provoquer, à se brouiller, y compris avec des puissants, il sera longuement persécuté pour ses écrits. On ne sait pas pourquoi il prend en 1718 le pseudonyme de «Voltaire», à l'occasion de la parution de sa tragédie *Œdipe*. Il s'agit peut-être d'une anagramme de Arouet l[e] j[eune], où, selon les conventions typographiques latines, un «u» a été transformé en «v» et le «j» en «i». Était-ce une manière de tenter d'échapper à la censure ?

Ce qui est certain, c'est qu'aujourd'hui on oublie parfois que Voltaire fut en son temps plus célèbre pour ses œuvres dramaturgiques que pour ses contes. Il est aussi l'auteur d'une épopée, la *Henriade* (1728), et d'autres pièces, comme *Zaïre* (1732) ou *Mahomet* (1742), qui provoque un scandale parmi les dévots. Il est alors reconnu pour son implication dans des genres qui assurent aux auteurs la reconnaissance mondaine : l'épopée et le théâtre. Voltaire a constamment eu deux visées : diffuser des idées nouvelles et hétérodoxes, mais également obtenir une reconnaissance institutionnelle. Or la seconde nourrit la première cible : les réussites institutionnelles de l'auteur, notamment son élection à l'Académie française, lui offrent une position dominante sur le marché éditorial ainsi qu'une forme d'autorité aux yeux d'une partie du public.

1710	Destruction de l'abbaye de Port-Royal.
1713	Traité d'Utrecht qui met fin à la guerre de succession d'Espagne.
1715	Mort de Louis XIV. Régence de Philippe, duc d'Orléans.
1717	Cardinal de Retz, *Mémoires*.
1719	Daniel Defoe, *Robinson Crusoé*.
1721	Montesquieu, *Lettres persanes*.
1730	Marivaux, *Le Jeu de l'amour et du hasard*.

2.

Le tournant philosophique : Voltaire polygraphe

Avant d'observer certains des principaux événements de l'existence de Voltaire, notons qu'il mourut immensément riche : grâce à un important gain à la loterie, il fit des affaires, investit dans le négoce des céréales, dans les fournitures pour les armées, et prêta même parfois de l'agent à l'aristocratie. Cette aisance matérielle lui donna une liberté d'action, de mouvement, et certainement de ton qu'il n'aurait pas eue sans cela.

1. *La fuite à Cirey*

De 1726 à 1728, Voltaire est exilé en Angleterre pour avoir provoqué en duel le chevalier de Rohan. Son séjour se révèle des plus formateurs. Il y découvre un régime politique qu'il ne connaît pas : une monarchie parlementaire. Il y apprend aussi la langue et lit les philosophes, tels Locke, et va jusqu'à écrire en 1733 des *Letters Concerning the English Nation* (*Lettres sur la nation anglaise*) où il fustige le régime français. Ces lettres, il les reprend en français, les augmente, pour donner les *Lettres philosophiques* (1734). Par ailleurs, il y découvre, en actes, la tolérance religieuse, qui est selon lui à l'origine des avancées politiques du pays.

Ces *Lettres* diffusent les principales positions des Lumières. Malgré une interdiction, Voltaire les fait paraître et, condamné à l'embastillement, doit se réfugier chez Mme du Châtelet, à Cirey, en Champagne. Ce château, coupé du monde, est un lieu idéal pour la réflexion et l'écriture, mais aussi pour les rencontres avec d'autres lettrés : Mme du Châtelet et Voltaire y reçoivent notamment le philosophe Maupertuis. Il y engage, en 1737, l'écriture de *Micromégas*, parmi d'autres ouvrages. Des pièces de théâtre, les *Éléments de la philosophie de Newton* (1738), *Le Siècle de Louis XIV* — qui ne paraît qu'en 1751, mais qu'il commence alors — traduisent son intérêt pour une carrière littéraire, mais aussi désormais pour la philosophie et la science, pour l'histoire, en même temps que se révèle le souci d'une production diversifiée qui lui permet de viser un public varié et nombreux.

Voltaire entame vers 1736 une correspondance avec le futur Frédéric II, roi de Prusse en 1740, au moment même où, à cause de ce qu'il avait écrit dans *Le Mondain* (automne 1736), poème anti-chrétien, il doit s'exiler en Hollande quelques mois, en fin 1736 et au début de 1737.

2. *Succès et disgrâce*

Entre 1737 et le milieu des années 1740, Voltaire voyage beaucoup. Ses pièces ont des destins divers et étranges, comme son *Mahomet* qui connaît le succès lors de sa création à Lille en 1741 mais fait scandale à Paris l'année suivante. Homme de lettres et spécifiquement dramaturge reconnu, il est notamment employé par le duc d'Argenson, alors ministre des Affaires étrangères, et qui avait été son condisciple au collège Louis-le-Grand, pour des services de plume. Il séjourne même à Versailles : revenu en grâce du fait d'une mission diplomatique réussie auprès de Frédéric II, il rejoint le château royal. Il y mène une vie de courtisan entre 1744 et 1749. Voltaire est même nommé historiographe du roi en 1745 — titre qu'il perd en 1750 —, avant d'être élu, en 1746, à l'Académie française, où il avait d'abord échoué. C'est d'ailleurs la treizième académie européenne dont il est membre ! Les années 1740 sont donc une période plutôt heureuse sur le plan de la reconnaissance institutionnelle, mais aussi mondain, puisque Voltaire est même apprécié de la favorite du roi, Mme de Pompadour. Tout cela lui donne l'occasion de faire représenter à Versailles, sur une musique de Rameau, son *Temple de la gloire* (1745).

Il connaît une nouvelle disgrâce en 1747, à cause de mots malheureux sur la reine. C'est l'année où paraît *Memnon*, qui deviendra plus tard *Zadig*. Il se retire donc à Sceaux, chez la duchesse du Maine, puis en 1748 à Lunéville, en Lorraine, à la cour du roi Stanislas — ancien roi de Pologne et beau-père de Louis XV — qu'il connaît depuis 1738-1739 et chez qui il fait de longs séjours jusqu'en 1749.

Peu soutenu par le roi Louis XV, qui ne l'aime guère, Voltaire n'en est pas moins un auteur à succès : si *Mahomet* (1742), où il s'en prend aux fanatismes religieux, est interdite après trois représentations, sa *Mort de César* (1743) est jouée à la Comédie-Française ; il crée en collaboration avec Rameau, à Versailles, *La Princesse de Navarre* (1745), une comédie-ballet, puis *Le Temple de la gloire*, une autre comédie-ballet. Et enfin, outre *Memnon* (1747), ses œuvres paraissent réunies à Dresde, en huit volumes.

La mort de Mme du Châtelet, qui fut un moment sa maîtresse, en 1749, le pousse à accepter l'invitation de Frédéric II à se rendre en Prusse.

1733	Début de la guerre de Succession en Pologne.
1738	Traité de Vienne qui met fin à la guerre de Succession de Pologne.
1738	*Discours sur l'homme*; *Éléments de la philosophie de Newton*.
1740	Frédéric II devient roi de Prusse.
1741	Guerre de Succession en Autriche (avril).
1743	Le comte d'Argenson est nommé ministre de la Guerre.
1748	Mise en route de l'*Encyclopédie* sous l'impulsion d'un libraire, Le Breton, qui s'adresse à Diderot et d'Alembert. Traité d'Aix-la-Chapelle qui met fin à la guerre de Succession d'Autriche.

3.

Un auteur engagé et diffuseur d'idées

1. *Potsdam*

Voltaire reste cinq années — de 1749 à 1753 — en Prusse, en particulier au château de Sans-souci, près de Berlin. Il est nommé chambellan du roi, c'est-à-dire qu'il est chargé de relire et éventuellement de retoucher les textes rédigés par Frédéric II.

Malgré le lien d'amitié entre les deux hommes, la présence de Voltaire auprès du souverain est très tôt entachée : dès 1751, l'auteur est en effet engagé dans un procès qu'il gagne mais qui lui fait connaître une disgrâce de quelques semaines. Toutefois, il fait paraître à Dresde *Le Siècle de Louis XIV* (1752), qui n'a pas été autorisé en France. C'est aussi le moment de la parution de *Micromégas* et de la création de sa pièce intitulée *Rome sauvée*. C'est une période féconde. Son intérêt pour les contes s'explique sans doute par sa volonté de diffuser largement ses idées, alors que le théâtre et des genres peut-être moins accessibles, comme les lettres, ne permettent pas de toucher un public large.

Mais en 1753, Voltaire découvre que Frédéric II tient la philosophie pour un divertissement, ce qui le déçoit, et divers épisodes conduisent à la rupture entre les deux hommes : en mars, et bien que le roi s'y oppose, le philosophe décide de quitter sa cour. Parmi ces épisodes, on compte la publication d'une *Petite lettre d'un académicien de Paris à un académicien de Berlin* (novembre 1752) ainsi que la rédaction d'un texte satirique, la *Diatribe du Docteur Akakia*, tous deux rédigés contre Maupertuis, alors président de l'Académie de Berlin et fort apprécié de Frédéric II, au point que celui-ci fit brûler en place publique la *Diatribe*. Surtout, comme on l'a dit précédemment, Frédéric II s'est servi de Voltaire pour faire valoir sa propre image dans l'opinion publique. Ce dernier quitte donc Berlin et se réfugie à Genève en 1754, car la France lui interdit son retour.

Il s'installe alors dans un lieu qu'il baptise les «Délices», où d'Alembert, entre autres, lui rend visite. Il y compose son *Poème sur le désastre de Lisbonne* après l'événement qui eut lieu le 1er novembre 1755, ainsi que l'*Essai sur les mœurs*. La ville de Genève lui interdit néanmoins de faire monter des représentations théâtrales. En 1758, il acquiert deux domaines, dont celui de Ferney.

2. *Ferney*

Voltaire s'installe à Ferney, domaine proche de la Savoie et de Genève, à la fin de 1760. Son emplacement est déterminant, puisqu'il permet à l'auteur d'être toujours à proximité de la Suisse, terre de refuge.

Son activité y est double mais cohérente : aux œuvres qui témoignent de ses engagements, s'adjoignent certaines entreprises dans les campagnes avoisinantes. Ainsi, s'inspirant des grands travaux effectués par Pierre le Grand en Russie (dont il rédige la biographie qui lui a été commandée dès 1757), Voltaire entreprend de faire assécher des marais, construire des écoles, de fonder une ville et d'y faire régner la tolérance. Il essaye ainsi d'établir, à l'échelle locale, une société dont le fonctionnement serait l'application de ses principes moraux et philosophiques, imprégnés de l'esprit des Lumières. Ferney est aussi un lieu où il compose à partir de 1762 le *Dictionnaire philosophique portatif* (1764), véritable texte de guerre contre l'«infâme». *Candide* y voit aussi le jour, en 1759; il y dénonce notamment la philosophie de Leibniz et l'optimisme qu'on lui attribue. Il rédige de nouvelles pièces de théâtre comme *Sophonisbe, tragédie de Mairet réparée à neuf* (1770), *Le Dépositaire* (1772), *Les Pélopides* (1772). Voltaire ne cesse d'écrire, aussi bien dans une perspective critique et politique que mondaine.

Malgré son isolement, Voltaire se tient informé de l'actualité et prend position contre l'injustice et l'intolérance, d'où son intervention en faveur de Jean Calas, à Toulouse (voir «Mouvement littéraire», p. 69). S'il ne put pas sauver cet homme injustement condamné en raison du fanatisme populaire, il est probable en revanche qu'il a contribué à sa réhabilitation en 1765. Son *Traité sur la tolérance* (1763) est, dans cette bataille qu'il livre corps et âme contre l'intolérance, un élément essentiel — outre ses *Requête, Manifeste, Supplique, Remontrances* qu'il compose pour l'occasion. D'autres affaires moins connues, dans lesquelles il s'immisce, renforcent l'impression qu'il est un intellectuel engagé : l'affaire Sirven et celle du chevalier de La Barre — dont on fit brûler le corps en compagnie d'un exemplaire du *Dictionnaire philosophique...* — mais aussi celle des troubles sociaux à Genève en 1765. Ce qu'on peut retenir, c'est que l'intervention de Voltaire évite que des injustices soient entérinées puis oubliées. L'erreur judiciaire qui frappe Calas est devenue une affaire de dimension nationale par l'implication de Voltaire. Il a conçu sa fonction sociale comme une action politique rationnelle, guidée par les principes de la justice et de la tolérance. Ces interventions sont le prolongement logique de son œuvre écrite, qui n'a cessé de l'engager contre les superstitions ou les dévoiements de la civilisation. C'est ainsi, notamment, qu'il fait paraître en 1772 un texte au titre suggestif : *Il faut prendre parti.*

Parallèlement, Voltaire entretient des correspondances avec de nombreux savants et penseurs. Sa retraite de Ferney est une véritable plaque tournante de la pensée occidentale de la seconde moitié du siècle, si bien qu'il bénéficie d'une grande légitimité lorsqu'il intervient ainsi dans l'espace public. Il soutient notamment la loi de réforme de l'achat et de l'hérédité des charges de justice.

3. *Paris*

Au début de l'année 1778, Voltaire entreprend une révision générale de ses œuvres complètes, qu'il ne pourra pas terminer. Le 5 février, il revient en France et arrive à Paris le 10. Il est malade. Connu à travers toute l'Europe, il jouit d'une grande réputation. L'accueil est triomphal : des académiciens viennent le visiter et diverses cérémonies sont organisées en son honneur ; il assiste même le 16 à la première triomphale d'*Irène*, sa toute dernière tragédie.

Il retombe malade au cours du mois de mai et meurt le 30. Il est enterré dans un cimetière chrétien, en Champagne, alors que l'Église avait voulu lui interdire une sépulture chrétienne.

Ses restes sont transportés au Panthéon le 11 juillet 1791.

Il écrit ces derniers mots avant de mourir : « Je meurs en adorant Dieu, en aimant mes amis, en ne haïssant pas mes ennemis et en détestant la superstition. »

L'existence de Voltaire a été mouvementée et probablement passionnante. Jalonnée par la publication de ses œuvres et par ses voyages, rendue confortable par l'aisance matérielle dans laquelle il vécut, elle n'est cependant pas éclairée par l'auteur lui-même. S'il compose des *Mémoires* entre 1758 et 1760, il ne les fait pas imprimer et essaye même de les faire disparaître en les brûlant — ils ne sont imprimés qu'en 1784 ; il rédige également un *Commentaire historique sur les œuvres de l'auteur de La Henriade* en 1776. Dans ces deux textes, Voltaire révèle son désir de voir ceux qu'il considère comme de vrais hommes de lettres être reconnus et consacrés par les princes et les rois, mais aussi son désir de bannissement, de proscription de tous les auteurs qu'il juge indignes de leur fonction, les auteurs de feuilles de choux, les écrivaillons, qu'il méprise autant que les fanatiques religieux. On y voit donc apparaître, dans leur unité, la cohérence de l'existence de l'homme de lettres.

1750	Jean-Jacques Rousseau, *Discours sur les sciences et les arts.*
1751	Premier volume de l'*Encyclopédie.*
1753	Buffon, *Discours sur le style.*
1755	Rousseau, *Discours sur l'inégalité.*
1756	Début de la guerre de Sept Ans entre l'Angleterre et la France.
1758	Rousseau, *Lettre à d'Alembert sur les spectacles.* Quesnay, *Tableau économique.*
1761	Rousseau, *La Nouvelle Héloïse.*
1761-1762	Affaire Calas à Toulouse ; Jean Calas

est exécuté. Expulsion des Jésuites. Rousseau fait paraître *Émile* et *Du contrat social*.

1765   Réhabilitation de Jean Calas.

1771   Louis-Antoine de Bougainville, *Voyage autour du monde*.

1773   Dissolution de la Compagnie de Jésus (les Jésuites) par le pape.

1774   Mort de Louis XV. Louis XVI accède au trône de France.

1776   *La Bible enfin expliquée*. Déclaration d'Indépendance américaine.

1778   Mort de Rousseau.

Pour prolonger la réflexion

Jean GOULEMOT, André MAGNAN et Didier MASSEAU, *Inventaire Voltaire*, Gallimard, coll. « Quarto », 1995.

René POMEAU, *Voltaire* [1955], Le Seuil, coll. « Écrivains de toujours », 1994.

Ghislain WATERLOT, *Voltaire. Le Procureur des Lumières*, Michalon, 1986.

Éléments pour une
fiche de lecture

On trouvera ici des pistes de réflexion pour prolonger la lecture de *Micromégas* et approfondir certaines des questions que l'ouvrage soulève. Il s'agit, par les différentes sections et par les questions posées, de donner des éléments propres à établir une fiche de lecture du conte.

Regarder la gravure

- Comparez cette gravure de Thomas Wright avec des représentations actuelles du cosmos et énumérez les différences que vous constatez. Moins de trois siècles séparent ces images : trouvez-vous que la recherche scientifique a fait beaucoup de progrès ?
- Alain Jaubert parle p. 50 des travaux d'anatomie d'André Vésale : faites des recherches sur lui et trouvez des reproductions de ses planches décrivant le corps humain. Que sait-on de plus que lui aujourd'hui ?
- Pensez-vous qu'on puisse encore à notre époque découvrir des choses comme l'a fait Thomas Wright au XVIIIe siècle ? Pensez, par exemple, aux progrès de l'imagerie médicale ou aux nouveaux instru-

ments permettant d'explorer les autres planètes de l'univers.

Le récit

- Retracez l'itinéraire de Micromégas. La Terre est-elle la destination qu'il s'est fixée ? Combien de chapitres sont consacrés à Saturne, à la Terre ?
- Que sait-on de Sirius et des Siriens ? Comparez-les avec la France et les Français au XVIIIe siècle.
- Les lieux visités par les deux voyageurs sont-ils détaillés ?
- Quelles sont les leçons diffusées dans chaque chapitre ? Le sont-elles toujours de la même manière ?
- Commentez les réponses obtenues.

La représentation des hommes

- Quelles activités caractérisent les humains dans *Micromégas* ?
- Quand les humains apparaissent-ils dans le récit ? Peut-on les distinguer les uns des autres ? Ont-ils des noms ?
- Comparez ce que vous savez d'eux avec ce que vous savez des deux voyageurs. Relevez le lexique par lequel Voltaire les nomme.
- Décrivez la découverte de la vie sur Terre et la découverte des humains.
- Si le Saturnien est un « nain » à côté de Micromégas, est-ce le cas au regard des humains ?
- Expliquez les effets produits par la manière de représenter les hommes. Pourquoi Voltaire présente-t-il une telle image des hommes ?

Micromégas, figure de l'esprit raisonnable ?

- Relevez les éléments de la formation de Micromégas. Voltaire en dresse-t-il un portrait physique détaillé ?
- Relevez les savoirs maîtrisés par Micromégas.
- Retracez les différentes étapes du voyage de Micromégas.
- Relevez les savoir-faire et techniques maîtrisés par Micromégas.
- Décrivez son attitude à l'égard de ses interlocuteurs dans le chapitre 7. Quelles valeurs défend-il ?
- Le personnage de Micromégas peut-il, selon vous, incarner un certain esprit des Lumières ? Justifiez votre réponse en vous appuyant sur le texte.

Micromégas, un conte heureux ?

- En quoi ce conte peut-il traduire la confiance de l'auteur dans le progrès (scientifique, moral, etc.) ?
- Quels sont les auteurs, philosophes, savants, hommes de lettres, que cite Voltaire ? Classez-les par profession mais aussi en fonction de l'estime qu'il semble leur porter.
- Proposez une interprétation personnelle des dernières lignes du conte.

Collège

Lycée

Série Classiques

Pour plus d'informations,
consultez le catalogue à l'adresse suivante :
http://www.gallimard.fr

Composition Interligne
Impression Novoprint
le 07 avril 2008
Dépôt légal : avril 2008
1er dépôt légal dans la collection : mai 2006

ISBN 978-2-07-032172-8/Imprimé en Espagne.